サンシャイン
イン ザ モーニング

医龍と呼ばれた
ドクター・タローの人生

前編

ベルソフィ とも子
BELLSOFIE Tomoko

文芸社

目次

第一章　幼少期・笑いの絶えない長谷川家　4
第二章　中学生・激動の時代　19
第三章　高校生・初恋　39
第四章　お互いに大学生　65
第五章　捻じ曲げられた運命・仕組まれた罠　98
第六章　奇跡の生還　147
第七章　しおれてしまったひまわり　166
第八章　会いたい　会いたい　181
あとがき　201

第一章　幼少期・笑いの絶えない長谷川家

十歳のぼく。とても幸せだったあの頃。

毎朝、早起きをして、ぼくの中では弟のコリー犬の「とも太郎」と、お庭の虫や鳥や木々の成長と進化を観察する。とも太郎は五歳。

当時、わが家には、海外からの留学生が十五人もいました。

学生さんは、「おはよう、チョロ太郎、とも太郎」と声をかけてくれる。

ぼくは、「おはよう、クリスティーヌさん」と言い、とも太郎は「ワワワワン、ワーン」と言う。ぼくには「おはようでござる。クリスティーヌ」と言っているように聞こえたのです。

昼は、週一、二回、近所の人がお庭に遊びに来る、持ち寄りのランチパーティがありました。学生さんも時間がある人は参加して、母国の料理を披露して、楽しく過ごしていました。

ぼくの母親は、西洋人ぽい容姿だった。母親の実家の酒田や東北地方にはたくさんいる、ごく普通のきれいな人。得意な料理は、「ずんだ餅、寒天のお菓子」という人だから、近所のおばちゃんたちも、「このだんご、おいしいよ」と持ってきてくれます。

ぼくは、ひとりっこ、アンド、とも太郎だから、近所のお友だちが遊びに来てくれるのは本当にうれしくて、大好きな時間。

近所の人にとっても、広いお庭で、子どもたちが楽しく走り回り、おいしいお昼が食べられると大好評。

ぼくは母親のことを、みんなの前では、「お母さん」と言ったけど、普段は「母ちゃん」と呼んでいました。山形の子、あるある。普通は「母ちゃん」だよな。

母ちゃんは、演劇が大好きで、自分で簡単な台本を書いて、家にいるお手伝いさんや留学生まで巻き込んで、そのランチパーティで小さなステージを作って、学芸会みたいなことを時々していました。おもしろい台本だと、近所の人も出てみたいと言い、参加して、大爆笑。かなり、楽しく過ごしていました。ランチパーティは母ちゃんの発案だ。

家にいる留学生は、吉田のおじちゃんがアイデアを出して、うちのおじいちゃん、お父さん、母ちゃん、家で働いていた人たちが賛成して成り立っていました。我が家の本業は、海運業。おじいちゃんは、国会議員をしていました。

お父さんは、みんなが食べていけるように一生懸命働いて、母ちゃんはそれを支えている感じでした。なぜか、お父さんは、「おとうさん」という響きがぴったりくる人でした。

我が家は、「おじいちゃん」「お父さん」「母ちゃん」「ぼく」「とも太郎」、「おうちをささえてくださる人たち」アンド「留学生たち」が構成人員。「おばあちゃん」は、ぼくが三歳の時に、病気で死んでしまったとお父さんが教えてくれました。


ぼくの名前は「太郎」、苗字は「長谷川」。

このお話の主人公のぼくは「長谷川太郎」と申します。

いろいろ思うところがあって、生涯独身でした。


おじいちゃんが始めた海運業。おじいちゃんの実家は、酒田市の近くの町。

山形県の酒田市は、かつては「北前船」で栄えた港町で、そこには「本間家」という豪商がいました。今でも豪商だと思う。おじいちゃんは、一から海運業を始めるという決意と、これからは太平洋の時代と考えて、上京しました。はじめは、会社運営の元手になる資金を集めなければいけなくて、小さな仕事をコツコツとたくさんやって、お金を貯めました。英語くらい話せないといけないと思い、夜学にも通った努力家でもある。

男たるもの、一世一代の大勝負！「長谷川海運」の旗揚げである！


おじいちゃんは、かわいくて優しいお嫁さんをもらいました。

千葉県の土気村から、優しくてとても気の利くいいお嫁さんをもらいました。

その人がおばあちゃんです。


ふたりの間にかわいい男の子が生まれた。そう、ぼくのお父さん。

強くたくましいおじいちゃんと、優しくいつくしみ深いおばあちゃんとふたりのいいとこどり。

顔はおばあちゃんに似ているのかも。


おばあちゃんは、ぼくが三歳の時に亡くなりました。

ぼくのことを「かわいい、かわいい、かしこい、いい子」とたくさん抱いて、いっぱいほおずりしてくれたみたいだけど。ぼく、ちっちゃすぎて、おばあちゃんのこと、ほとんど覚えていません。ごめんなさいね。


お父さんはものすごく謙虚で優しい人です。勉強家でもありました。

お父さんの日課で、たぶん、一番心が落ち着く素敵な時間。

「ハンモック、ゆらゆらタイム」いや、「ハンモックゆらゆら、睡眠学習」かもしれない。

木陰のハンモックに乗って、ゆらゆら、ゆらゆら、大好きな本を読む。そのうちに、そよ風が吹いてくる。ゆったりとして、優雅な時間。そうです、「睡眠学習」です。

まず、五十頁くらい読むと、急に睡魔が襲ってくる。本を開いて、顔に載せたら、完璧な形。毎日、遅くまで働いているから、お父さんにとっての「ハンモックタイム」は必要不可欠。健康管理、精神安定、とても大切な時間。


母ちゃんは、おじいちゃんのお里の近くの出身です。

おじいちゃんの実家に遊びに行った時、小さかった母ちゃんに一目ぼれしたまだ小さかったお父さん。二人がお年頃になった頃、おじいちゃんの親戚にお願いして、「本間家の庭園」

で、「お見合い」をしました。お父さんの気持ちは決まっていました。

母ちゃんは「優しくていい人そうだな」とお父さんと話して感じたそうです。するとお父さんは「ぼくと結婚してください」とダイレクトなプロポーズ。まあね、お見合いはそういうもの。結婚のためのお見合いだから。母ちゃんは、びっくりしたけど、お父さんの真っ赤な顔と泣きそうなくらい真剣な優しい目を見ていたら、とってもうれしくて、一緒に涙ぐんでいたそうです。そして、「はい、よろしくお願いします」とはにかみながら優しく返事をしていたそうです。

お父さん、海運業の息子。外国の流儀を知っているジェントルマン。母ちゃん、とっても元気な女の子。母ちゃん、慣れない晴着を着ていたし、雨が降った後、慣れないお草履で転びそうになる始末。優しくそっと手を差し出して、かばってくれる大きな手のぬくもりと、自然にふれるお父さんの胸のあたりの優しい匂いとぬくもりで、ほぼほぼ、母ちゃんも完璧一目ぼれしてしまったそうです。そして、ナイスシチュエーション。雨の後には虹が出る。その日、貸し切りの本間庭園。ふたり手を取り合って、見つめた先にきれいな虹が出た。

これは決まりでしょ。「ふたりの明るい未来だね」とお父さんが優しく言うものだから母ちゃんは、素直に「うん」とうなずいたそうです。

結婚式は東京でした。母ちゃん、びっくり。こんな立派な家に務まるのだろうか。さらに、結婚式は椿山荘でした。本間家のお庭なんてもんじゃない。東京のど真ん中。これって、植物園なの？　季節によってはホタルも出る？　田んぼ何町歩あるんだべ？　の世界。とにかくびっくりしたそうです。

そうしたら、優しいおじいちゃんとおばあちゃんがいたそうです。特におばあちゃんが優しかったそうです。母ちゃんのことを最初は「かわいいお嫁ちゃん」と呼んでくれたそうです。「大丈夫よ、この家は大きくて立派だけど、それはみんながんばっているからなのよ」そのうえ、「私なんか、千葉県の村の出身。おじいちゃんが私のことを好きだから結婚させてください、とうちの親に言ってくれて、おじいちゃんと結婚した。だから、何も心配しなくていいの。自由に優しく生きられるのよ、この家は」とそっと背中をさすりながら、頭までなでてくれる。本当にいいおばあちゃんだったそうです。

結婚して、二年目にぼくが生まれた。顔は母ちゃん似、中身はお父さんと母ちゃんの子。元気な元気な男の子が生まれました。

「太郎」という名前はおじいちゃんがつけてくれました。
とても誇らしい名前です。

ぼくが三歳の時に、おばあちゃんは亡くなりました。さみしい気持ちでいっぱいのおじいちゃんは、仕事で海外にも行くので、少しずつキリスト教に興味が出始めます。おじいちゃんが、キリスト教のいいなあと思うところは、「博愛」と「平等」と「慈悲」の心と言葉だったそうです。仏教でも同じ言葉はあるのだろうけれども、あの日、おじいちゃんは導かれるようにキリスト教に入信しました。家族もみんな。でも、みんな忙しいし、檀家宗教仏教、盆と正月にお坊さんが来るという感覚が強いので、あまり、熱心な信者一家には見えません。月に一回、行けたら行く、教会。

最初、ぼくは、教会に行くのが楽しみでした。一人っ子のぼくは、そこに行けばお友だちがいるし。

ただ、ぼくは、そんな時、おりこうさんのお父さんの血ではなく、母ちゃんの血が強い。じっとずっと座っていなければいけないと感じてしまう。歌も歌いたくない日は口パク。だんだんつまらなくなってきました。そんな時、ぼくは、お友だちとけんかした。

子どもたち同士で集まる部屋があって、毎回、同じ話を聞かされ、同じ絵を描かされる。挙句に、「この意味は何？」と問うてくる。ぼくからしたら耐えられない。なんで毎回、同じことを聞くの？　なんで毎回、同じことを答えなければいけないの？

つまんない、時間の無駄。ばかみたいと思うようになっていった。一回、世話をしてくれるお兄さんに聞いてみました。「それが教義です」という答えでした。

だんだんお友だちとお絵描きするような時間が苦痛になり、また、友だちと口げんかしてみたり。「おじいちゃんごめんね、ぼくは運転手さんと一緒に先に家に帰っています」てな感じ。五歳のぼくです。

同じことを実はお父さん、母ちゃん、おじいちゃんも感じていたようで、「日曜日は、うちにいてのんびりしよう。みんなでおいしいお茶とお菓子でも食べてゆっくりしていた方がまし」ということで、一カ月か二カ月、いや、三カ月に一回教会に行くようになりました。我が家は改宗し、たった二年で、仏教徒、檀家宗教に戻りました。

そうそう、同じ頃。おじいちゃんにぼくの名前の由来を聞いてみました。

おじいちゃん曰く、「最初は、西洋風の名前もいいかなあと考えた。でもね、おじいちゃん、がっつり日本人。日本らしい、外国人も発音しやすいきれいな音の響きの名前がいいなあと考えた。『太郎と花子』日本人にありがちな名前。太郎の上に、もうひとつ文字を加える名前も多いと思ったなあ。シンプルな名前で良い。太郎。漢字を考えると、太は『太い』の字。太は『太陽』の太。日本には、昔からある大切な価値観。太陽、つまり、お日様の下、正々堂々と生きるという価値観。

それは、武士道にも続く、日本の侍魂。強い男なのだよ、それは。

人が歩いた後には道ができる。太郎、お前の人生、こういう時代だから、いつ何時、どんなことが起きてもおかしくない。自分の足でしっかりと、場合によっては地面をはってもいい、とにかく、お日様から逃げるな。

自分の足で正々堂々と歩け。そして、自分でぶっとい、ぶっとい道を作れ。人としてプライドを持って、生きろ。何事も正々堂々と勝負しろ。太郎の名前の意味を自覚して生きてほしい。おじいちゃんからのお願いだ」

ぼくは「おじいちゃん、日本人男性の理想の姿、その名前が太郎なんだね。わかったよ。大好きなおじいちゃんに負けないようにがんばって、ふんばって生きるよ、ぼく、太郎だから。じゃあ、花子ってどういう意味なの？　おじいちゃん」と尋ねました。

「おばあちゃんが生きていたらなあ。たぶん、こんな風に言う気がする。『昔から、日本は農耕民族。種を土に植えて、花が咲いて実になって食料になる。人は、いや、動植物は、どんな生き物も、食べるものがないと餓死してしまう。花が咲く、実がなる。生きていくために大切な食糧。つまり、命。女の人は、新しい命、赤ちゃんを産むだろう。それからなあ、物事がうまくいくとよく、花を咲かせましたと人は言う。すべて、みんなが笑っていられるように、まわりを気遣ったり、命を産み、育てるパワーをたくさん感じる名前、それが花子のような気がする』」

「すごいね、おじいちゃん。海運業者にして、国会議員。そのうえ、哲学者だね」

「ごめんな、太郎。仕事柄、西欧かぶれ。こてこての日本人。キリスト教なるものをかじってみたものの、おじいちゃんは羽黒山近くの山形県人。仏教の方がぴったりくる。今、わかったよ。太郎、この二年間、苦痛だったなあ、教会通い。ごめんな、太郎」

「そんなことはないよ。最初の半年間は、友だちができた気がしてうれしかった。けど、何人かはぜんぜん合わない子もいたなあ」

お父さんはキリスト教の教義である「ベターハーフ」という言葉にかぶれていました。だって、大好きな母ちゃんがお嫁さんになってくれて、ぼくが生まれたから。ぼくを見ると、「愛しきベターハーフの子」とおじいちゃんとは違う言葉に反応していたなあ。

とも太郎。ちょうどその頃。うちによく遊びに来る吉田のおじちゃんが、アメリカにいるコリー犬の最高峰「グランドチャンピオン」の子として生まれた子犬を、ぼくにプレゼントしてくれたのです。名前は、ぼくがつけていいと言われました。ぼくは、とにかく、落ち着きがなく、走ってばかりだったので、みんなから「チョロ太郎」と呼ばれていました。ぼくの「おとも」「おともだち」「おとうと」「あそびなかま」「あいぼう」ということで「とも太郎」と名付けました。

「チョロ太郎」と「とも太郎」。覚えやすいし、言いやすい。ネーミングのセンスはばっちりだねと、出入りの業者さんからも言われました。

とも太郎が来た日から、急に近所の犬好きの大人や子どもたちが、「きれいな犬見せてください」と言い、庭に入ってお話をしたり、お友だちが増えました。近所の人との交流が始まりました。

暇になった日曜日。もともと母ちゃんは、田舎者。「お茶のみ文化」「漬物とちょっとのお菓子」でお茶を飲むのが大好きな人たち。お手伝いさんや家で働く人たちに、おいしいお菓子やご飯を食べてほしいなあと考えました。そこで、思いついたのが、お庭でのランチパーティ。

豪快な母ちゃん。あまり先を考えない。おりこうさんのお父さんが大好きな豪快さ。せっかく準備するのだから、近所の犬好きな人も一気に呼んでしまえ。

違うんです。母ちゃん、四品も作ったらヘロヘロです。息子のぼくはわかります。

近所の人に、五人くらいに声をかける。日本人、立派だから、みんな一品持ってくる。そして、お手伝いさんたちも、「奥様に申し訳ないから、二、三品は作ろうね」ということになる。

読みは的中！　今でいえば、見慣れた風景！　ホテルなんかでよくある、日本食スタイルのバイキング（ブッフェ）をあのお庭で実現させたのです。

あれには、おじいちゃんもびっくり。母ちゃんは、外国に行ったことがないのに、こんなことを思いついて実行させるなんて、すごい嫁だ、そして、すばらしい娘だとにこにこ顔。

一番喜んでいたのは、やっぱりお父さん。

とも太郎が来てから、ぼくの生活は変わりました。良いように変わりました。

少しずつ近所のお友だちだったり、大人だったり、家に出入りする業者の人まで、おしゃべりをするお仲間が増えていく。

とも太郎を触ってから、「ところで、チョロ太郎おぼっちゃん」と話しかけてもらえるようになりました。街の人気者になった気分。ほぼほぼ、とも太郎のおかげ。

少しばかり、英語ができたり、計算が速かったりして、チョロ太郎はいい気になっているところがありました。

お父さんやおじいちゃんは、「将来、有望。頼もしい」と溺愛だったけど。

とも太郎を通して、お友だちになった近所の子どもたち。お友だちは違っていた。子どもってよくも悪くも正直だから。

「いい気になってるよな、チョロ太郎。お前は恵まれすぎていることに気が付かないのか。

ばか」とまで言われてしまう。

「でも、お前はいいやつだ。優しい心の持ち主だ。言い過ぎた、ごめん」と正直に怒ってくれる友だちが二人できた。

きっかけは、とも太郎。


六歳になり、小学校に入った。おじいちゃんとお父さんにお願いして、近所のお友だちと通いたいと言い張って、普通のみんなと同じ公立小学校に通いました。あのお友だちと一緒のクラスにはならなかったけど。廊下ですれ違う時は、海軍式あいさつ、こめかみのところに右手を添えるスタイルで「元気?」とか、「元気だった?」とか、「うん、大丈夫」と答える日々を送っていました。


小学校。近所のお友だちと一緒に放課後は遊ぶ。時々、とも太郎も一緒になってみんなで遊ぶ。また、時々、それに、留学生が入る。笑いの絶えない長谷川家。

楽しかったなあ。

第二章　中学生・激動の時代

中学校も地元に通った。部活動に選んだのは野球。真っ黒になって追いかけた野球のボール。青春の日々。あの近所の友だちとは、部活動で一緒になりました。

十四歳に近づいた頃。ランチパーティは、「ぜいたくは敵だ」のもとに廃止になりました。

忘れもしない。十二月一日。急に、留学生が全員、母国の家に帰ることになった。

最後の晩さん会に吉田のおじちゃんが来ていた。英語で、「この寮には、敵国もない。みんな仲間。あるのは、個人の自由。平等で優しい気持ちの中で、君たちがここで過ごせた思い出は一生の宝物です。これを実現させてくれた長谷川家の皆様、働く人たち、近所の人たちに感謝して、無事に母国に帰ってください。戦況は激化している。まだ、戦争は阻止できると思うけど、なってしまったらおうちに帰れなくなってしまう。どうか、楽しい思い出を胸に無事に帰ってください」と言った。

おじいちゃんも英語でスピーチした。

「ここにいるみんなは、全員、かわいいぼくの子どもであったり、孫だったりします。大切な大切な家族です。あなたは、今日から、敵国の人ですよね、などという、ちっぽけな愛国心、イデオロギーで優しいすてきな人たちの心を踏みにじる戦争は絶対に良くないです。やってはいけません。戦争したい人たちの常套句。殺される恐怖を感じた、だから、殺される前に正当防衛で殺したのです。私は、無罪です。ですよね。

ここは、日本。貧乏な国です。でも、人の心は豊かです。どんな身分の人も親切。愛情たっぷりです。そして、銃や武器がほとんどない、平和な国。昔、豊臣秀吉という偉い人が国中の、一部の武士以外の人から刀を取り上げた。いわゆる『刀狩り』です。庶民に平和が訪れました。刀という武器を持った武士は、大変です。もし、自分の一時的な感情で刀を振ってしまったら、人は簡単に死んでしまう。己を律することができる者のみ、いわゆるその地区の治安を守る意味で、警察のような役割、最低限の抑止力という意味で一部の武士が刀を所有することができました。ほかの武士が持っていたのは、木刀です。外の見える部分はすべて本物。でも、中身は木刀。みんなあんなきれいな刀を持ってみたいよね。武士に生まれたら、なおさらのこと。その藩ごとに剣術の道場がありました。そこで、師範代になった者だけが、刀の所有を許されたのです。親が師範代でも、子どもがなれるとは限りません。藩によって規模は異なりますが、常に、優秀な数名の、実力でなった者だけが許された刀の所有。

また、一部の大金持ちの商人。鑑賞でのみ使用するとされた「名刀の数々」。職人さんの息遣いさえわかるような名刀たち。

武器は必要最低限。これは、本当に大事でしょ。

みなさんが、最初に我が家に来て、三カ月以内に言った言葉を覚えていますか？『日本は治安がいい。買い物にひとりで行ける。道を聞いてもみんな親切。時間があると一緒についてきてくれて、チップをもらわない。財布が落ちていたら、今、ポケットから財布が落ちましたよ。大丈夫ですか？

それから、路面電車に乗ろうとして、小銭がない。初めて来た異国の地でお金の使い方もわからずに困っていたら。明らかに身なりからして自分より貧乏そうな人が、優しい心のお兄ちゃんお姉ちゃんが、お金をくれました。ありがたくて使えない。しわしわの紙幣だったり、使い込まれた金たち。もったいなくて使えない。ぼくは、足がパンパンになった。ここまで歩いてきたから。夕暮れも見た。きれいだった』と笑って私に教えてくれました。

どうか、その思い出を大切にしてください。あなたたちは、将来、自国で立派になるとおぼしき人たち。立派になれなくてもいい。日々、一生懸命、正々堂々と前を向いて生きていてくれたら。それが、みなさんが、体験してくれた、日本の宝、日本の心、武士道精神です。どうか、この思い出は絶対に忘れないでください。

日本は、もしかしたら、貧乏でも平和な国のはずなのに、巻き込まれて戦争に加担してしまうかもしれない。ますます貧乏になって、豊かで平和な心までもがむしばまれてしまう。もし、やつらに、良心のかけらがあれば、今なら、戦争は回避できるかもしれない。今日は十二月一日です。

だから、大切な子どもたちよ。あなた方の本当のご両親のもとに急いで帰りなさい。

そして、また、あなたの国が日本と仲良しの国になったならば、また、仲良くしてください」と言った。これが、はなむけの言葉。

チョロ太郎のおじいちゃん、すごいな。あの吉田のおじちゃんよりも演説ははるかにうまい。演説は吉田のおじちゃんもうまい方だから。有名な◎◎大臣になった人だから。

これは、犬のとも太郎の記憶です。

チョロ太郎は、みんなが一度に帰ってしまうものだから、悲しくてしょうがない。泣いてばかり。演説は、自分の泣き声で聞こえなかったようです。中学生になっていました。しかし、寮で古い人は、三、四年いるものだから、思い出は、出会った頃に戻ってしまう。大きな体になりかけているのに、記憶は、あの日、出会った日のチョロ太郎。みんなに、抱っこされて、大人になったら会おう、イケメン君。大人になったら、お姉ちゃんが一緒にデートしてあげるハンサムボーイ、などと言われていた。さみしくて悲しくて涙が止まりません。


十二月八日。真珠湾攻撃。暗号の「トラ、トラ、トラ」有名ですよね。

アメリカは、日本が奇襲攻撃をしかけてくると知っていた。場所も、日時も。

あのトラは、トランスフォームとか、トランスミッションとかのトラ。変換、変更みたいな意味。これは、ただの練習です。気にしないでくださいの意味。日本はこの戦争に本気ではありません、という意味でした。アメリカもわかっていた。吉田のおじちゃんとチョロ太郎のおじいちゃんがちゃんとアメリカに根回ししていたから。

ところが、戦争は回避できなかった。日本の軍隊はおばかさんの、大ばかの集まり。武士道精神のない軍隊の人たち。新しい武器を使って、人を殺してみたいだけ。この武器の威力を確かめてみたいたくさんの軍人。金儲けのために、人を殺す武器産業。武器をたくさん作るから、消費して回転させないと。それしか頭にない人たち。

アメリカの人たちは、思った。日本はうそをつきやがった。攻撃をやめない、本気じゃないか。ということでアメリカと日本は戦争になりました。

それから、三カ月間。吉田のおじちゃんと長谷川議員とあと数名の同じ価値観の国会議員の人たちは、まさに、毎日、「国会討論会」において、人道支援という言葉の解釈で、激論をかわしました。

長谷川議員は、人道支援とは、まさに素直に解釈すれば、人の命を救う、人を助ける仕事だと思っています。おなかがすいて死にそうな人には、水とおにぎりです。まず、飢えをなくさないと、人は餓死してしまいます。また、悲しくて泣いている人がいたら、大丈夫だよ、元気を出して、ゆっくりでいいから笑ってごらん、泣くのを少しがまんしてみよう。そうすると、ちょっとだけ、冷静に物が見られるから。おなかがすいただろう。一緒に何かを食べて、解決策を考えよう。これが、まっすぐな解釈だと思います。

だけれども、戦争に踏み切った議員たちと軍隊は、人道とは銃や武器を使って人を殺すと解釈しているとしか思えない。政党名を変えればいいんじゃないですか。国民にもわかりやすいように。「鉄砲党」とか。そうしたら、誰も、君たちの考えを支持しない。少なくとも一般国民は。良心の塊の日本の一般国民は。ヤジや怒号がすごい荒れた国会。

その演説の三日後。おじいちゃんは捕まりました。「国家冒涜、なんとかかんとか反逆罪」で、憲兵三人にどこかに連れていかれた。一人は見張り役。二人は実行犯。そして、殺された。事実です。これはとも太郎の記憶。

その三日後。みんなが、「旦那様が帰ってこない。大変だ」と大騒ぎしている中、今度は、また、別の憲兵が三人やってきた。大広間に、みんなを集めました。

憲兵は、

「あなたたちの大旦那、おじいちゃんはあろうことか、私たちのイデオロギーを侮辱した。これは、のちに総理大臣になるであろう、私たちの党首、佐藤様の考えに反する。まず、邪魔者は消すことだ。それで、ここに来た。おまえらの仕事は海運業。敵国とも貿易をする、良からぬ商売だ。今日から、金輪際、日本で営業できないように権利をはく奪してやる。優秀な経営者もいらない。すべて、国営企業になるのだから。

ここからは、駆け引きだ。従業員の命、これは雑魚だから、血を汚すのははばからしい。人殺しの練習をしたい憲兵がすればいい。従業員のみんな？　皆様？　その点でおまえらはラッキー。俺たち三人は、これで三回目のミッション。少し、慣れてきた」

と言いました。

とっさに、お手伝いさん二人は、太郎坊ちゃんを捕まえた。怒りの炎に燃える目を手で塞いで、ふたりでお手伝いさんたちの部屋にばれないように連れて行った。そして、泣きながら、今、行ってはダメ。あなたまで死んでしまう。それだけは、おじいちゃんやお父さんや母ちゃんが泣くでしょ。だから、向こうの部屋に絶対に行ってはダメです。トイレもダメ。おもらししてもいい。絶対に捕まってはダメ、と息を殺しながら説得した。

それから、一時間経った頃。お父さんは契約書にサインした。ここにいる従業員と出入りの業者と家族の命、愛するベターハーフの母ちゃんと、わが子の太郎の命の保証、決して傷はつけないという条件のもと。

静かに首つり台がセットされた。素早いスピードで。あの人たちにしたら、三回目だものなあ。

刺激が強すぎるからと言って、お母さん以外の人はお人払いになりました。

お父さんは、お母さんにこう言いました。

「愛する妻よ。そして、愛しいわが息子。お父さんは、あなたたちのことが本当に大好きです。愛しています。百回、二百回。いやいや、何万回言っても足らないよ。お母さん、君に会えて本当に良かった。ありがとう。あんな元気なチョロ太郎を産んで育ててくれてありがとう。これからは、君にばかり負担をかけてしまうね。ごめんね。愛する妻よ。

愛する息子を頼むよ。おじいちゃんとお父さんは一足先にあちらの世界に召されてしまう。もっと一緒にいたかったなあ。妻よ、息子よ」

と言って、自ら、ロープに首をかけて自殺した。みんなの命を守るために。

憲兵のひとりは泣いていました。その仕事はやりたくてやっている人ばかりではないようです。

これも、とも太郎の記憶。チョロ太郎とかくれんぼで培ったほふく前進。憲兵にも見つからないように、こっそり息をひそめて、お父さんの最期を看取りました。

お父さんも首を吊る前に、高い位置から周りを見たから、とも太郎が心配そうに見ているのに気が付いた。ゆっくり、うんうんと、とも太郎にだけわかるようにうなずいて、ウインクしました。チョロ太郎を頼むよというメッセージみたいに。


それから、三十分して、憲兵たちは道具を片付けて出て行きました。

お母さんは、海運業のみんなの母ちゃんになっていました。おじいちゃんが帰ってこなくなってから、母ちゃんは覚悟を決めていました。大事な書類、印鑑はお手製の腹巻に入れて、離しませんでした。

憲兵がいなくなってから、一時間、みんなは一緒に今後のことを話し合っています。何かあった時に使うようにと金庫の中のお金と二日前におろしたお金を、母ちゃんは、平等に、ちゃんと分けてみんなにあげています。

ひとりの従業員の男性は、

「奥様、もういいです。あとのお金は、全部、チョロ太郎坊ちゃまと奥様がこれから暮らす生活費です。私たちの命を、ご主人様が、まさに、命がけで救ってくださった。そのことだけで十分です。これ以上、もらったら、ばちが当たります」

　と言いました。

　そう言われて、母ちゃんは「ありがとう、みなさん。私たちこそありがとうです。みなさんに本当によくしてもらいました。ありがとう」と答えました。

　そして、「あれっ。やっぱり、とも太郎もいたのね。母ちゃん、なんとなく知っていたよ、とも太郎がいるなって。憲兵さんに見つからなくて良かったね。チョロ太郎とかくれんぼの特訓、ほふく前進の成果だね」

　と言って、とも太郎を抱きしめました。

　みんなは、お庭に出て、また、一時間くらい話しています。

　それから静かに、ひとりひとり、挨拶をして別れました。

　若い従業員の男性は「僕はお菓子屋さんになりたいと思って、お金を貯めていました。将来の夢、戦争でかなえられるかどうかわからないけれど。大切にしてくれて、かわいがってくださった大旦那様と旦那様に恥じないように生きないと」と言って、母ちゃんとチョロ太郎と握手して別れました。とも太郎の頭をなでて抱きしめていました。

ある年頃のお手伝いさんは「実家が長野なのですぐに帰ります。このお庭。奥様とチョロ太郎ととも太郎の追いかけっこ、見ていると楽しかったなあ。旦那様はハンモックゆらゆらだから。そんなに喉は渇いていないと言って、警護をする憲兵さんに麦茶をよくあげていました。

今日来た憲兵さんにいつもの憲兵さんはいなかった。それが救い。それから、私には野望があったの。よくお庭でやっていた、年に二回する、近所の人がお嫁さんで、二、三組ずつでやっていた合同結婚式。私もそろそろお年頃。素敵な彼氏を見つけて、大旦那、若旦那、奥様、チョロ太郎、とも太郎も祝ってくれる合同結婚式をしたかったけど。花嫁として出られなくて残念。とにかく、お元気でいてくださいね」と言っていました。

最後に、母ちゃん、チョロ太郎、とも太郎が残りました。

「悲しいけど、とも太郎を汽車に乗せて、酒田の実家には帰れないなあ。どうしましょう。一緒に連れていきたいなあ」と言っていたら、近所の人たちが庭に入ってきました。すべてを察したのです。大旦那がいないことは知っていました、三日前のことだから。ここに、奥様と坊ちゃんしかいない。旦那様がみんなの犠牲になったのだと悟って、近所の人もしくしく泣いています。

一組の親子が、「とも太郎はうちで預かります。たまに、外国の要人や政府関係者で犬嫌いな人がいると預かっていた。とも太郎は賢い犬。普通の人よりはるかに賢い。とも太郎、今日から、お前のおうちは我が家になった。一緒に行きたいだろうけど、汽車にお前は乗れない。チョロ太郎坊ちゃんがもう少し大きくなって、奥様も落ち着いたら帰ってくるだろう。それまでの辛抱だ。あばら家だけど、がまんしてくれな。大事にするから」

と言いました。とも太郎はずっと下を向いたまま。人だったならば、泣いて顔を上げられない感じ。

こうして近所の人が、とも太郎を連れていきました。

いよいよ、チョロ太郎と母ちゃんが家の門を出た。

「いいか、チョロ太郎。ここから、母ちゃんとチョロ太郎の本当の戦いが始まったのよ。今までは、ずっと優しいみんなに守られてきた。本当に幸せな奥様とお坊ちゃまだった。

今、門を出た。ふたりで手を取って、まっすぐ前だけを見て歩いていく。負けないわよ。

私、大好きなお父さんと約束したから。太郎を立派な大人にして見せる。医者でも弁護士にでもしてみせる」

「違うよ、母ちゃん。五歳の頃のぼくと子犬のとも太郎。毎朝、なんて言って吠えていたか、覚えてないの？　海運王におれはなる。世界の海をまたにかけ、きれいな荷物と真心をみんなに届ける、海運王におれはなる、って言っていたんだよ」

「そうだったわね。覚えているわ。近所の人とも仲良しだったから、将来、有望ですねと言われたものだわ。本業は、海運業だったわね」

「母ちゃん、威勢のいいことを言っても、腰がへたって歩けないじゃないか。十四歳だよ、ぼく。母ちゃんのひとりくらい背中に背負えなくてどうする。そんな弱虫じゃないぞ。

お庭を駆け巡って、学校では、怒られてもくじけずに、チョロ太郎をしてきた。今日からは少し落ち着く。いや、今の今こそ、落ち着いていられない。がんばって歩かないと、酒田行きの汽車に間に合わない。

いいか、とも太郎、聞こえるか、おれの弟、とも太郎。母ちゃんと兄ちゃんは、酒田の母ちゃんの家に行く。とも太郎、連れていけなくてごめんな、その家で大事にしてもらえな。いざ、別れの時じゃ。さらばじゃ、元気でいろよ。さらばじゃ」

と言って、必死に歩いた。

途中、二、三回転びながら歩いていたら、後ろから、聞きなれた車の音。おじいちゃんの大好きなカブトムシの車。「ポコポコポコ、ポコポコポコ」という優しいエンジン音。

カブトムシには、思い出がある。庭の一角に今でいえばコンポストがあった。そこに、毎年、たくさんのカブトムシが発生する。元気な男の子のチョロ太郎は、カブトムシをつかまえて、観察して遊んでいた。

おじいちゃんの日課は、毎朝、三種類の新聞を読むこと。英語と日本語は得意だけど、ドイツ語は苦手らしい。でも、おじいちゃんは、

「フォルクスワーゲン、いい車だよなあ。おじいちゃんの大好きな車。でもな、今に見ていろ。チョロ太郎、日本もほかの国に負けない素晴らしい車を作るから。人の心は育っている。あとは、学問と技術だ。人の心は一番大事だぞ。どんな状況になったって、人は丈夫な心と体をもっていたら、働いて稼いで食っていける。再生可能だよ。今は、まだ、日本は車の生産では負けている。どうして、負けているのだろう。日本もいい国だけれども。新聞を読むとな、そこに人々の生活や人々のものの考え方が書いてある。多分、少しの違い。大きな違

いがあるかもしれない。そんなことを考えて読むと新聞はおもしろいよ。今日も五十分がんばったけど、見たことある単語、これ何だっけ？　の世界。

ここはいいぞ、チョロ太郎。学生さんの寮がある。吉田君のアイデアだったけど、わが家にはなくてはならない存在。学生さんにこれはどういう意味なのと、直接、聞けるうえに、楽しいエピソードまで教えてくれる。そのうちに、その人を好きになる。その国が好きになる。好きな人がいる国と戦争する気に普通はならないよな。

人は欲張りな生き物。強欲な略奪が大好きな人がいっぱいいる。なんでも欲しがる。自分がたくさん持っていても。人が死んでも平気。人が死んでも、自分さえ良ければ良い。そんなやからほど、国会議員になりたがる。やってわかったよ、おじいちゃん。それは、どこの国でも一緒だろう。そして、そういうやからが、自分の欲望、金儲けのために、人殺し、戦争をする。人が泣くのを、死ぬのを見て、喜んでいる。

チョロ太郎、戦争中の英雄の価値観、わかるかな？

たくさん、人を殺しました。〇人です。多い人ほど表彰されて、ほめられる。勲章をたくさんもらう。

チョロ太郎、平和な時の英雄の価値観、わかるかな？

たくさん、人を助けました。人だけじゃない、動植物も助ければもっと平和です。アイヌやアメリカの今風に言うとネイティブアメリカンの価値観さ。

ゆっくり、笑いながら、みんな平和、いいと思わないか、チョロ太郎。

おじいちゃんは、後者だな。間違いなく後者だな。ほとんどの人は、後者だと思うけどなあ。後者は、前者から見ると、競争心の欠けている欠陥もの。お人好しのおばかさんに見えるらしい。おじいちゃんは、強く、言いたい。ばかで結構です。人が死んだり、野山が焼けたりして、動植物も死んでしまう。そんな姿を見て、何が楽しい？　君たちの方がくるっているとしか思えない、と言ってやる。正々堂々と。おじいちゃんの出身は山伏の里だから、現実を知らないほら吹き。山伏はほら貝を吹くからな。チョロ太郎の母ちゃんは、山伏の里ではなかったが、とっても近い、価値観も一緒」

と笑いながら、頭をなでていた。幸せだった記憶。

チョロ太郎の記憶。フォルクスワーゲン、カブトムシに形が似ている。五歳のチョロ太郎を膝の上に乗せて、私道であるお庭を運転してゆっくり走る。あの頃のおじいちゃんとの幸せな時間。日課である。チョロ太郎は、今日は、何匹、カブトムシをポケットに入れて、おじいちゃんの股間に座ったら、何匹カブトムシが出てきて、着物のおじいちゃんの股に入って、「やめろよ、チョロ太郎。同じカブトムシでも車と昆虫では違うぞ」とケラケラと笑う。平和な時間。ますます、安全運転。エンジン音は「ポコポコポコ、ポコポコポコ」。

その音色に五歳の頃の平和な記憶がよみがえってきた、十四歳のチョロ太郎。「おじいちゃん、本当は、まだ、生きているんでしょ」と心の中でつぶやいて、後ろを振り返ったら、中から、知らない紳士が出てきた。

「間に合ってよかった。悪い噂を聞いたので、心配になって家に行ったら、近所の人がすべて教えてくれました。さあ、乗ってください。名乗るほどの者ではございません。

生前の大旦那様と若旦那様によくしてもらった同業者です。ですから、安心してください。汽車に間に合うように、誰か、要人を乗せているような雰囲気でお二人を安全にお運びします。

うちには、憲兵は来なかった。最初から、長谷川さんのような新興でも有力な財閥になりそうな家を重点的に狙って、創業者と若旦那を殺している、闇のシンジゲート。たぶん、ロシア系のマフィア。うちみたいな小さなところは関係ない。彼らが狙うのは、将来有望株。世の中を明るい未来に近づけるパワーを見つけてつぶす。

もう、着きました。無事に着いたことを、あの方にだけは伝えておきます。お坊ちゃま、どうぞ、ご無事で」

「もしかして、吉田のおじちゃん？」

「いいえ、違います」

「誰？」

「誰とは言えません。それでは。どうぞ、降りてください」

と車から降ろされました。


ふたりは汽車に乗り、無事に酒田に着いた。心配していた母ちゃんの両親やお兄ちゃん家族や親戚たちに守られて、三年間、なりを潜めていました。

酒田に着いて、二カ月経った頃。母ちゃんの親戚で本当に通称、特高、通称・特別高等警察隊の人が来たそうだ。母ちゃんに、その本当の身内の特高のおじさんは「あなたの家で大切にされていたかわいい子供たち。留学生は、みな、無事に家に着きました。誰一人、けがをすることもなく、無事に親御さんのもとに着いたそうです。それを、伝えていいとあの方に言われました。それから、奥様、あと半年は、その手拭いを顔にかけて、野良仕事をして彼らにつかまらないようにしてください。これも、伝えてください、と言われました」と言いました。

「あの方は吉田のおじさまですか？」と聞くと、

「そうです。吉田さんです」と答えたそうです。

第三章　高校生・初恋

十五歳。高校一年生になったぼく。夏休みの間だけ、おじいちゃんの実家の宿坊でアルバイトをした。ふとんの上げ下ろし、料理の下準備とか。いつもは優しいおじいちゃんの実家の人たち。仕事だから、お金をもらっている以上、中途半端なことはできません。えこひいきなしに、どの子にも「ダメなものはダメ」と厳しくしかります。

十五歳。高校一年生になった、ぼくの初恋の相手。一生、ぼくが大好きだった女の子。双子のお姉さん。彼女は近くの村の出身で、別の宿坊でアルバイトをしていました。

二人は出会いました。羽黒山には五重の塔があります。その前です。早朝。

二人は同時に偶然、五重塔を見上げていました。

左手に立っているのは、ぼく。右手に立つのは彼女。

二人同時に両手を挙げて深呼吸。吐く息で、隣に誰かいると同時に気が付くふたり。

ふたり同時に「あっ。おはよう」「あっ。おはようございます」とあいさつした。

またもや、ほぼ同時に「君、高校生？　宿坊のアルバイト？」と聞いて、また、「うん、そう」と答えた。質問と返事が同時、同内容。

ふたりでおかしくなって、大笑い。

「なんだか気が合うね」とお互いを指さして笑うだけ。

出会ったその日から、お互いに一目ぼれ。

自分で言うのもなんだけど。さわやかな高校生カップルの誕生でした。

お父さんと母ちゃんの本間庭園のようなうまいロマンチックな演出はない。

羽黒の森の浄化された空気、空。パワーは最強のカップル。明るい未来の象徴です。


積極的な高校生のぼく。

当時の宿坊のアルバイト。週給制でお金をもらっていたのです。

ぼくは、東京の家から考えると、少しはお世話になっている手前、アルバイト代をおじちゃん夫婦に半分くらいは渡します。これは、世間一般の常識。おじちゃんとおばちゃんには、本当に、お世話になっていますという感謝の気持ちを伝えるチャンス。ただし、残りの半分は、自分のお小遣いとして自由に使えます。初めて自分で働いて得た収入。何に使おうかなあ、楽しみ、楽しみ。酒田のまち、いや、山形県全体、田舎過ぎて。おいしい食堂、少し小洒落た喫茶店は、二、三件あるには、あるな。でも、どこに行っても、地元の人は誰かいるしなあ。


ぼくの彼女。

彼女のもらうお金は、すべて家の生活費です。

とても頭がよくて近所でも評判の美人さん。

お父さんが病弱でした。お母さんは日雇いの建設現場で補助みたいな仕事をしています。代わりにお父さんが掃除や洗濯やご飯出しをしています。

双子の妹がいたけれども、十二歳の時に、福岡の遠い遠い親戚の家、とってもお金持ちの子どものいない夫婦に養女にもらわれていきました。本当は親も行ってほしくなかった。けれども、このまま、あの家にいたならば、貧乏なまま、さみしい思いをさせる気がして、養女に出しました。それから、村の長からの説得もあり、泣く泣く手放したのです。

高校生の彼女は思いました。もし、ふたりでアルバイトしたならば、全額、家の生活費かな？　一割くらいはお小遣いにできたかな？

でも、妹が行ったおうちは、妹をとても大切にしてくれている。

「この前、晴れ着を着て、大宰府天満宮に行って、帰りのデパートでおいしいご飯を食べました。お姉ちゃんにばかり、苦労をかけてごめんなさい。おっきなおっきなエビフライをはじめて二本食べました。こんな時、一本はお姉ちゃんに食べさせたいなあと思った、泣いていました。私をもらってくれたお母さんが心配して『どこか、具合でも悪いの』と聞いたので『本当においしいですね、このエビフライ。感動しちゃった』とうそをつきました。正直に『お姉ちゃんにも食べさせたいと思って泣きました』と言えばよかった。最近、周りに気を使って小さなうそ、時々、思いやりのあるうそもある。新しいお父さんとお母さんは私を本当に大切にしてくれる。素晴らしい人です……」

みたいな手紙をくれたかな。半年、いや、一年に一回くらい、妹から近況報告みたいな手紙がくる。

私の返事はいつもこう。

「こちらは変わりなし。何とか元気でやっています」

そうだ、最近、羽黒山の五重塔で、とても気の合う同級生、しかも、男子。今風に言えば、ボーイフレンド。まだ、もどきだな。初めて彼氏になってくれたらいいなあと思える人ができたかなあ。やっぱり、片思いかなあと言える人に会いました。そうだ、これは書けるぞ。まさに、近況報告。片思いでもいい、好きな人ができました。お姉ちゃんの方が先でしたと自慢してやろうと手紙を妹あてに積極的に書いています。

初めてのお給料をもらった高校生のぼくと彼女。それから、三週間後。全宿坊に、羽黒山本部からお手紙が来ました。平たく言うと、アルバイトの人たちにボランティアで参道の整備、掃除、木々の伐採、沼の草刈りをお願いするものでした。なんと、そこで、二人は再会したのです。丁寧な日本語はそうだけど。実際は沼の整備。しかもボランティア。もっと正確に言うと、沼には小川みたいなせせらぎが二つあって、葉っぱで埋まって流れが悪くなるから、その葉っぱを取り除く仕事。臭くないどぶ掃除の仕事を男女二組。その一組だったのです。

ふたりはウキウキでした。わかるでしょ。

やるなあ、羽黒山、五重塔。

それには、後日談があって。結局、ボランティアではなくて、少しばかりのお手当が出ました。なんでも、その年は予想より参拝客が多かったそうです。そのうえ、高校生のボランティア、若いから動きが良くて、予想の二倍働いてくれたそうです。羽黒山本部としては、今後も宿坊のアルバイトの応援が欲しい。儲かった分を少しアルバイトさんたちにあげようということで、全員に「お心遣い」と達筆な字で書いてある封筒をあげました。

封筒の中身は、銀貨二枚。今風に言うと、五百円玉くらいかなあ。それを、彼女は、家の神棚にあげて報告。次に仏壇にあげて報告。それを見ていた彼女のお母さんが、財布から一枚お札を彼女にあげました。言葉なしのパントマイムみたい。いらない、いらないと首を横にふる彼女。もっておけ、もっておけとお札をつき出す彼女のお母さん。首を少しうなだれて、やっぱりお札を自分の財布に戻した彼女のお母さん。彼女は、「これある、大丈夫」と言わんばかりに、両手で縦長の封筒の端を持って、ゆっくりうなずくジェスチャー。そして、空っぽの彼女の財布に銀貨二枚が入りました。まるで、チャップリンのパントマイムの映画みたい。言葉にしたら、涙が出て、止まらなくなるから、そんなジェスチャーが無意識に出てきたのかな。

積極的なぼく。そして、優しい親思いの彼女。

貧乏でも彼女は高校に行っている。きっと、妹があの家を出ていく時にお姉ちゃんにもせめて高校くらいまではと置いていったお金があったのか。いや、ちがう。彼女は本当に優秀だったのだ。年に一回、二月か三月に山形県は独自の学科試験を全小学校、全中学校でやっていた。なんだ、今の文部省。山形県の方式をかなりの部分、まねている。独創性がないうえに、むしろ、悪くしている。ちなみに、富山県も独自で同じようなことをしていたそうです。そして、県内、どの学年も成績上位三十人は学費が無料でした。だから、女性でも高校に行けたのです。

アルバイト最後の週。羽黒山本部は、また、宿坊に手紙を出しました。

多分、来年も、宿坊のアルバイトの学生に山の整備のお手伝いをしてほしいから。来年もできたらアルバイトを続けてほしい……の気持ちがバレバレの、なんかのイベント告知。

宿坊の売り上げも一年の中では、夏はかき入れ時。それが無事に済んだという、小さなお祝い、お祭りみたいなことをしよう、参加できる人は全員参加の。

やったのは、駐車場みたいな広い広い広場で、軽い食事と飲み物。掃除して汚れた布、伐採して出た間伐を真ん中で燃やす。その火を囲んで、蓄音機を最大音量にして、やったのは、「オクラホマミキサー」とほか三曲です。完全に敵国の音楽なのに。しかも、あの羽黒山が。戦時中、「贅沢は敵だ。竹やりでB29撃ち落とすぞ！」などと、東京でもやっていた時代に。羽黒山は最初から戦争反対です。それが、まっすぐ言えて、経済も独立している神社、仏閣だから、平気ではないけれど、それをやったのです。

ぼくは悟った。戦争の終わりは近い。ただ、ずるずると長引くのか、長引かせるのか。武器商人の欲張り具合、感情次第。

フォークダンス。ぼくは、別に、彼女とだけ手をつないで踊りたい。留学生と過ごしたことがあるぼくにとっては、間違えて誰か女性に、もちろん、ほっぺまでだけど、キスされてもびっくりしない。

彼女もぼくと手をつないで踊りたい。でも、彼女は、間違いなく、異性と手をつなぐことが初めて。できたら、手を握るだけでも、ぼくとしたい。思い込みのテンションが違う。お坊さんだって、既婚者ならいざ知らず。いろんな人がいるからね。

蓄音機。かなりでかい年代物。あっ、ビクター製品？　いや、コラボ製品かなあ。蓄音機の前にビクターのわんこ。首をかしげているわんこがくっついている。

昔、田舎のレコード屋さんの入り口にありました。白い陶器かな、いや白いプラスチックかなあ、かわいいわんこが首を傾げていたのです。あのわんことそっくりなデザイン、蓄音機に合わせた小型の茶色いわんこ。

フォークダンスは、大興奮のうちに終わりました。

レコードはあと、二枚。ソーラン節の通常バージョンと踊りやすいリズミカルな曲。いや、まてよ。リズミカルな曲は、二カ所テンポが違うだけ。やっぱり「ソーラン節」が入っている。北海道にゆかりのある人がなんとなく踊り始めます。それをマネする人。ほとんどが手拍子。でも、掛け声は、みんな。それなりに盛り上がりました。

残りのレコードは「春の小川」「ゆうやけこやけ」「めだかの学校」が入っている「童謡」です。明らかな選曲ミス。せっかくみんな盛り上がってきたのに、ここでみんなのテンションだだ下がり。興奮した心が、とつぜん、急に、宙に浮いてさまよってしまう。

「宙に浮いてしまった心。おーい、戻ってこーい！」てな感じ。

みんな急にがっかり。そうだ、早く、こんぶのおにぎりを食べないと、食べ盛りの高校生に食べられてしまう。食べ物コーナーに人が殺到。

レコード担当の若いお坊さん、偉いお坊さんから「お前、おっちょこちょい。なんで三枚目がこのレコードなんだ」と言われている。

若いお坊さんは「三枚と言われて、最初の二枚は早くに見つけることができました。でも、こういうご時世です。やっと見つけたレコードが童謡しかなかった。童謡は日本の曲だし、手ごろに手に入るし」と手をあわせて、偉いお坊さんに謝る始末。

それを見ていたもっと偉いお坊さんが「君なあ、この子はこんなにも一生懸命にレコードを探していたことが話を聞いてわかるだろう。君なあ、本当に偉かったなあ。この演出、悪くない。むしろ、大成功。お食事もちょうどいい塩梅に食べてもらえる。せっかく作ってくれた人がいるのに、おにぎりがカピカピになったら、もったいないもの。おっちょこちょい、かえっていい演出だよ。この後、ソーラン節、最後にフォークダンス。これ盛り上がるぞ。やるかやらないかは君に任せる」と諭します。

「ハハー、あの偉い方がおれに声かけてくださった。そして、ほめてくださった。ありがとうございます。おっしゃる通りにします」

そのお祭りは大成功。

ぼくと彼女は、仲よく木陰でげらげら笑っていた。ほかにも同じ宿坊だったり、違う宿坊だったりの高校生カップル四組。いろいろな五組が思い思いの場所で話し込んでいて、とっても楽しく和やかなお祭りになった。ぼくと彼女は、まわりの人から「仲良し、いいなあ。臭くないどぶさらいカップル」と言われて、彼女は「もっといいネーミングないの？」と元気な声で、いろんな人に「ふん」なんて言っていました。ぼくは、平和だった東京の家を思い出して、「おれは、生きている。だから、今日みたいな楽しい気持ちになれている」と言葉少なに笑っていたな。

やるなあ、羽黒山、五重塔。

積極的なぼく。帰り際に、今度酒田市の喫茶店でお茶でも飲もうとデートの約束を取り付けました。

酒田市、地元。でも、別に、お茶を飲む、いわゆる初デート。だれにからかわれても、「それが何か？　そう、その通りです」と言えれば何も怖くないとわかっていました。彼女のそばにいると、落ち着いていろんなことが言えるし、楽しい、と感じました。

親思いの彼女は、片思いのすてきな人が初デートの相手だなんて、想像以上、夢みたい。

夢が実現。

よく、楽しみな旅行に行って、晴れて天気が良いと「日頃の行いが良いから」と日本人は言う。彼女は三個、「てるてるぼうず」を作りました。それがとってもかわいい。顔は白いさらしの中に綿を入れて、丸くして、黒のマジックで目と鼻と口を描く。まあ、ここまではありきたり。その顔も、ちょっぴり目の大きいありきたりのてるてる坊主三体。素敵なのはお洋服です。きっと双子の妹とそんな感じにお人形遊びしていたのかな？　それとも、おままごとかな？

「そんな感じの君を見たら、惚れてしまうよな」というかわいい仕草。

ここまで、書いて何ですが、五枚着せ替えの服をチクチク、針と糸で縫います。雨が降っても、顔が濡れないように、フェルトは少し固くて縫いやすい、黄色い傘を作ります。五枚しかない服、同じ服にならないように、付け足しでアップリケの小物を二つ作っていた。服も二枚はリバーシブルだった。完璧。女の子。お金はなくても、工夫して、お人形遊びしていたのかと感心してしまった。

初デートの日まで十日間ありました。毎日、着せ替えをしていた。着せ替えをするのは一体です。だから、一体は三日間同じ服。「そこは、大目に見てね」の世界。おしゃれな人だね。お金があったら、いや、今よりもそこそこにお洋服にお金をかけられるようになったら。もしかしたら、そのてるてる坊主は、福岡に行ってしまった妹だったのかもしれない。うれしい初恋の胸の高鳴りをてるてる坊主に見立てた妹に、そっと耳打ち、優しく耳打ちしていたのかもしれない。

ぼくは、名前の如く、強い男であり続けようとした。彼女は、とても女性らしい。あまり覚えていないけれど、優しかったぼくのおばあちゃんのような性格なのかもしれないなあ。

それから、十日して、二人の初デートの日。

ぼくは、スタイル抜群。若いから何を着ても似合う。さらっとワイシャツの襟を少し立てて、あとは普通に、パンツスタイル。まあまあこんな感じかなあ。

ぼくは、朝、母ちゃんに、「今日、おれな、母ちゃんに顔は似てるけど、もう少しおしとやかかもしれないかわいい子とデートする」と言いました。「えっ。まじで。太郎。チョロ太郎じゃなくて、太郎と呼ばなきゃね。ところで、どこで見つけたの、そのかわいい子」「おれ、宿坊でこの夏、バイトしただろう。五重塔の前で偶然出会ったんだよ」「素敵だわ。ロマンチックね。お母さん……」「『母ちゃん』じゃないの?」

「わかったわよ。母ちゃんね、本間庭園もいいなあと思ったけど、五重塔はシンプルで素敵ね。さわやかな高校生カップルにはぴったり」

一方、親思いの彼女。妹が養女になった福岡のお母さんが、時々、彼女のために、うちの子が似合ったからよかったら着せてあげてねと服を四、五回送ってきていたものがあった。福岡だけではない、東京の三越の紙に包まれていた箱も入れると六個あった。着る必要もなかったから、部屋の隅に積んだまま。お母さんにはばれるだろうし、お父さんにかくしていてもいけない。一生懸命、働いている両親、すばらしい人間。わかっています。デートの三日前に、「高橋太郎さんという、宿坊で友だちになった人とデートします」と伝えました。

今度は、彼女がお母さんとお父さんから見たら、てるてる坊主役?

きっと、親や金持ちの彼氏だったら、誰だってやってみたいよね。年頃の可愛い娘がいたら。娘に似合うかわいい洋服を買ってあげて、着せたいに違いない。

福岡のお母さんが送ってくれた六つの箱、包装紙を破りました。ひとつは丁寧に、いつものように。ひとつは豪快に、テレビや映画で見たこんなの普通よ、急いでんだから、のあのノリで。一人二箱。三人六箱。丁度の箱数。「ありがとう、福岡のお母さん、お父さん」と親思いの彼女はその日だけは思ったかも。それは、まるで、ファッションショー。たった六畳のランウェイ。一番気に入った服。白いワンピース。袖と胸ポケットに黄色いひまわりの刺繍がついている、とってもおしゃれで清潔感のあるワンピースに決めました。

酒田駅前に今でもあるのかなあ、あの喫茶店。ノスタルジックでレトロな昭和の香りぷんぷんの茶色い椅子と、それより少しこげ茶色の落ち着いたテーブル。あの時代、どこから手に入れたのだろう。コーヒーの香りがぷんぷんする。違います。代用品です。麦茶をもっと焦がすとコーヒーっぽい味になるのです。

待ち合わせの時間。彼女は五分前に店の奥の方に座って待っていました。どきどきが止まらない。

約束の一分前に、ぼくの登場です。さわやかに手をあげて、にこにこしながら近づいていく。

彼女の今日のワンピース、いわゆる特注品。双子でも、腕周りとかウエストとか微妙にサイズが違うから。ウエストは太めの同じ白いベルトで締めるようになっている。腕は、妹より少し細めなのかな、お姉ちゃんの方が。ゆったり見えてかえって優雅。胸は、Bカップでしょう。黄色いひまわりが、自然に咲いているみたい。あんまり胸がでかいと、胸にばかり視線が集中してしまう。さすがですね、福岡のお母さん。ぴったり似合っています。

ちなみに、妹からの手紙にこう書いてあった。

お姉ちゃんは「ひまわり」が似合うと思う。ひまわりはお日様の花だから。私はお姉ちゃんより甘えん坊。いつもふたりいっしょが良かった。お姉ちゃんがお姉ちゃんらしく、私をしょっちゅうかばってくれたから。

あれ、双子って、最近、わかったことだけど。先に生まれた方がお姉ちゃんなの？　妹なの？　お医者さんによって見解が違うらしい。福岡のお母さんとそんな話になって笑ったの。お姉ちゃんは、性格から言うと、やっぱり、お姉ちゃんね。私は妹。誰かに甘えたくてしょうがないの。福岡のお母さんは、うちに来たのが甘えん坊さんの方で良かったたって言うの。赤ちゃんを授かったけど、流産して生まれてこなかったみたい、うちのお母さん。ちょっと、一、二年誤差はあるけど、同じような子どもだって、私。

私、刺繍のデザインをさくらんぼにしたの。さくらんぼは、双子ちゃんが多いでしょ。山形県の特産でしょ。さくらんぼちゃんを見ると、お姉ちゃんといつも一緒だよって気持ちになるの。

その話をしたら、お母さんは、さくらんぼを買ってきて、わたしに食べさせてくれた。好きなだけ食べなさいってね。九州へ山形からの流通はあまりよくないのに。だから、高いのに。

手紙には、もっといろいろ書いてあります。でも、「うちのお母さん」と呼ぶほど、妹はなついていて、かわいがってもらっているようです。

ぼくと彼女は、二学期が始まって、いつもと同じ生活が待っていた。学校が違っていたので、その学校の名物先生とか、おもしろいお友だちがいるなどの楽しい高校生の会話をした。

ぼくは代用品のコーヒーを「おいしい、おいしい。香りはほぼ一緒だな」と言った。

「もしかして、君、コーヒー飲んだことないの？」と彼女に言った。

彼女から「何言ってんの。山形県人でコーヒー飲んだことあるのは、酒田市の金持ちか、山形市のどこかの地主くらいじゃないの？」と真剣に言われた。

思わず、ぼくは、腹を抱えて大笑い。

「君、いつの時代から来た人？　江戸時代？」とクスクス笑った。

「バカにしやがって。あったまにくる」と彼女は妹に言いたかったような馴れ馴れしさで、つい本音を言ってしまった。

「君って、正直な人だね。そして、ぶきっちょな人。うそをつけない人、なんだね。ぼくの大好きな人たちに共通する部分。うそをつかない正直な人。よかった、好きになった人が気の合う人で」

「えっ。それって本当なの？　私のことが好きなの？　本当なの？」

「そんなに何度も聞かないでくれよ。本当だから、大好きだから」

ふたりで言いながら、お互いに恥ずかしくなって、真っ赤になってしまった。

その店は十席くらいしかない。三席にお客さんが座っている。聞いている方も、マスターまで赤くなってしまう。

ぼく、家業柄、留学生もいたし、これは普通なんだけどなあ。


それから五分間、沈黙の時間。マスターもぼくから好きだと言われた気分になって、その空間、ほかのお客さんまでもが赤くなって、その興奮と余韻を楽しんでいました。

あの頃、一番無難な音楽はクラシック音楽。モーツァルトの「アイネ・クライネ・ナハトムジーク」。マスターは蓄音機を出してきて、レコードに針をおきました。彼女以外のお客は曲の意味と音楽を知っています。彼女は優しい音色に少しずつ気持ちを落ち着けていきます。

そのあとの曲も、やっぱりモーツァルト。次にショパンになりました。

静かな声で、ケラケラ笑い、また、学校の名物先生の話をして、ふたりにとってとても心地よい幸せな時間を過ごしました。二回目のデートもここでしようねと約束して、ふたりは別れました。

二回目のデート。十二月のはじめ。

ぼくの彼女をひまわりちゃんと名付けよう。

彼女の妹はお姉ちゃんにぴったりの名前と言うだろう。

場所は優しいマスターと常連客がいるクラシック音楽が流れる喫茶店。この前と同じ席。

今度はマスターが紅茶を飲ませてくれた。ミルクティーがおいしいよとひまわりちゃんに教えてくれた。ぼくとひまわりちゃんは、ふたり仲よくミルクティーを飲んでいた。

そこに、ぼくの同級生、男子三人が偶然お客さんとして入ってきた。

ぼくの後ろの席に座りました。ひまわりちゃんは初対面。知らない人。ぼくもまさか背中あたりに同級生が座っているとは思いません。けらけら笑いながらデートしているのは、ぼくだと気が付いた同級生。ばれないように遠回りしながら、一人ずつ、トイレに行って、遠くからぼくかと確かめています。席に戻って、ここは声をかけないほうがいいよと言ってみたり、入ったばかりの喫茶店、遠慮して僕たちが出ていくのはばか臭いなどと言っていた。

すると、常連客のおじさんが突然「太郎君いますか?」とマスターに向かって聞いてきた。

マスターは「私は太郎君じゃありません」と。

ぼくが手を挙げて立ち上がり、「ぼくが太郎君です」と言ったとたん、目の前に同級生。お互いにびっくり。

東京のお庭でかくれんぼをした時、大きな岩のかげからチョロ太郎が「ワッ」と大きな声を出すと、とも太郎がびっくりしてとびはねた瞬間を彷彿とさせる光景。

びっくりして目がまん丸になって、固まっている同級生に対して、「良かったら、一緒に紅茶を飲みましょう」とぼくは誘っていた。

お客の一人が、「もしかして、あの子が長谷川さんちの?」とマスターに聞いていて、「予想以上の大物で、いい男だね」と言っていた。

ここは辛うじて安全な場所。

みんなうすうす知っています。長谷川海運の坊ちゃんが、母親と逃げてきたことを。

だって、とっても狭い田舎だもの。

高校生諸君が帰った後、みんなで守って大事にしてあげようと、お店のマスターと常連客はその後相談していました。田舎は狭いけど、優しい人もいっぱいいるのです。


三回目のデート。

長い長い冬が終わり、桜の花が咲く頃。

ぼくとひまわりちゃんは、桜の名所で有名な日和山公園にいます。

ひまわりちゃんは、がんばってお花見弁当を作ってきました。

ひまわりちゃんは、卵焼きとおにぎりとおいなりさんと野菜のおひたしと里芋煮。朝早く起きてがんばって作りました。ぼくとデートをするようになって、娘が明るくなったので、両親は娘を応援しています。

ふたりで仲よく、にこにこしながらお花見弁当を食べました。

ひまわりちゃんは、できたらこの人と結婚して、かわいい子どもを産んで、平和に暮らしたいなあと思いました。

ぼくは、この人ときちんと結婚して、子どもは三人以上ほしいなあと強く思いました。一人っ子だったから、兄弟がいたらいいなあ、三人以上は小さな社会になるし。ひまわりちゃんより具体的に未来図を描いていました。


高校二年生の夏休み。

お互いに去年の宿坊で今年もアルバイトをしました。楽しみだった山の整備は、お互いに違う異性と組んで仕事をしました。悪い相手ではないと思いながらも、せっかくならば、隣にいる人はやっぱり「あなた」とお互いに強く思いました。

お祭りは昨年同様、フォークダンスをしました。それから、運動会でよくやる「飴さがし」をやって、地域の運動会にほぼ近いものになっていました。みんな仲良く楽しんで大盛り上がり、大成功。

お祭りが終わった後、また、ふたりはカップルになり、お互いに夏休みは働いたし、がんばったねと、ほめたたえ合いました。

ますます、お互いにこの人と一緒にいたいと思いました。


高校二年生の十月。

ふたりとも、その学年の成績上位者です。学校から手紙をもらいます。

二年生の二月。旧帝国大学、若干の女子大学で、飛び級の大学受験があり、それに合格すると山形県が学費を出してくれるというものでした。

ぼくの場合。母ちゃんの実家は、貧乏ではないけれども、甥っ子を四年間、大学に出すほど金持ちではない。また、おじさんにも三人子どもがいた。だから、太郎にとっても、宿坊のアルバイトは貴重な収入源だったのです。とにかく授業料を山形県で払ってもらい、大学に行く。これしかない。目指すは、東京帝国大学。海運業。法律も詳しい方が良いのかな？カブトムシ君だから、勉強は理系の方が好きかも、と考えていました。

ひまわりちゃんの場合。試験は受けたいけれども、山形市に師範学校ができるのかなあ。

どこに行っても実家は田舎なので家を出なければいけない。両親が心配。ひまわりちゃんは優しい娘だから。一番欲張りな案を考えました。大学には行く。将来のため。女の人も男の人みたいに働きたいと思ったから。どこか、住み込みで働いて、その給料で家に仕送りをする。そう考えていたら、この案を思いつきました。

料亭とか旅館の住み込みの仲居になる。日中は学校に行き、夜の宴会や食事の世話をして、お給料をもらい、実家に仕送りをする。そんな条件で働かせてくれるところはあるかな？あるといいなあ。

高校二年生の二月。

大学への道。飛び級の大学受験。

ぼくは東京帝国大学を受験しました。無事合格。ぼくと母ちゃんは三年ぶりに上京し、ひっそりと昔の家の近くに住む計画を立て始めました。

ひまわりちゃんは東京帝国大学と日本女子大学を受験しました。当時、東京帝国大学を受験する女子はほとんどいない時代。結果は、ひまわりちゃんも無事合格。大学への切符を手に入れたのです。

ひまわりちゃんの合格を知った両親は素直に大喜び。男子でもむずかしい試験に合格したこと、貧しい思いや不憫な思いをさせていたのに、それをはねのける娘のたくましさに今までの両親の苦労が報われた気持ちになり、心の底から喜びました。近所の人も駆けつけて、わが子や自分のことのように素直に喜んでくれました。

「ひまわりちゃんでもがんばれば、こんなことができる。すばらしいことだ。現実を恨む前に、自分たちががんばれば、道は開ける」とみんなが手を取り合って喜びました。

村のひとりのおばさんが、ひまわりちゃんの勤め先を世話してくれました。そのおばさんが、以前、出稼ぎした料亭です。同じように働く男子学生がいたそうです。男子学生は、夕方、厨房の片付けと明日の仕込みをしていたそうです。


ぼくが大学に合格して、一番楽しみだったこと、わかりますか？　とも太郎に会えることです。昔、お世話していた留学生がくれた、とも太郎用のアクセサリーみたいな首輪。ネックレスみたいな首輪。彼もとも太郎が大好きで、実家のお金持ち、ブランドの御曹司？　かもしれない、彼がくれた首輪。酒田の家ではいつも枕の下に入れて寝ていました。合格の通知を受けたその日から、犬ではないけれども、大きめのネックレスとして、制服の中に身に着けて、寝る時は枕の下に入れて、四月の初めに上京する日を待ち望んでいました。「三年も待たせて、ごめんな。兄ちゃん、帰ってきたよ」と言ってとも太郎を抱きしめる様子を、大きめの枕二つ使って再現し、幸せな気持ちでいっぱいになっていました。

第四章　お互いに大学生

四月の初め。ひまわりちゃんは村のバス停。みんなが見送りをしてくれました。何も持たせるものがない近所のおばさんは、干し柿を持たせてくれました。干し柿だったらうちにもあると、荷物の半分が干し柿のめずらしい上京のかばん。

だって、住み込みだから、必要なのは、少しの着替え。そうそう忘れてはいけません。福岡のお母さんが送ってくれた勝負服十枚です。飛び級で大学に合格したと伝えたら、三箱送ってくれたそうです。

定期的に送ってくれた一枚を入れて、十枚です。ひまわりちゃん、スタイル抜群、洋服のセンスもばっちり。語尾に少しなまりがある程度。その服を着て歩いたら、良家の子女にしか見えません。福岡のお母さんは「さくらんぼちゃんとおそろいの晴れ着でも作ってあげようか？」という始末。ひまわりちゃんは「お言葉に甘えて、実用性のあるほうがありがたいです」と言ったら、「好みもあるから、無難な服を三枚作って送ってあげるね」と言いました。

お母さんは続けて「いつもさくらんぼちゃんとお話ししながら、ひまわりちゃんとはマークの刺繍が違うだけの洋服を作っていたの。さくらんぼちゃん、洋服のセンスがとっても良いのはどうしてだろうね？　って聞いたことがある。そうしたら、ふたりで一緒に、よく作ったのは簡単なお人形やてるてる坊主。それにお洋服を着せて、この上着にはスカートは茶色が良いとか、青が良いとか言って遊んでいたよって教えてくれたの。さくらんぼちゃんは、大きくなってから、うちに来た。小さい頃を知らないの。だから、福岡のお母さんは、お姉ちゃん役になって、さくらんぼちゃんとてるてる坊主でファッションショーをしたり、おままごとをして遊んだの。さくらんぼちゃんは大きくなっていたけれど、甘えん坊さん。お母さんも子どもになって一緒に遊んだの。最近は、友だちみたいにお買い物をするかなあ。さくらんぼちゃんの家は、ひまわりちゃんの家より金持ちだけど、毎日、そんな服が買えるほどお金持ちではありません。かわいいふたりの娘のために、お父さんもお母さんもそこそこがんばって働いて作ってあげた服ばかり。だから、大事に着てね」と言いました。

娘の成長を見つめながら、生きがいにして、優しく美しく育ててくれる福岡のお父さんとお母さん。

さくらんぼちゃんが福岡に行ったのは十二歳。それから、少し背が伸びたかなあという感じ。七、八センチ伸びたかなあ。一生大切に着る服を、丁寧に思い出をプラスして作ってくれました。大切に着なさいよと教えてくれる、きちんとした両親です。

ぼくと母ちゃんは、当面の着替えを持って上京しました。

東京のおうちは、権利書を母ちゃんが持って逃げたので、いわゆる空き家になっていました。さびれた庭と家主の帰りを待っているさびれた家になっていました。つたのからまる洋館。手入れされていればきれいだけれど、手入れされていないとかえって荒れ果てて見えます。

住む権利はあるのだけれど、あの記憶も同時によみがえります。結局、ふたりは住みませんでした。近くに長屋みたいな家を借りて住みました。

荷物を新しい家に置いて、ぼくは走りました。とも太郎を預かってくれた家に。その家は、もう別の人が住んでいました。一年前から違う家族が住んでいました。なんでも、家族で茨城の田舎に疎開したそうです。

近所に仲よくしていた友人、「元気ですか？」と偶然会って、再会を喜び合いました。とも太郎のお友だちでもあった彼。本当は自分の家でとも太郎を飼いたかったそうです。

彼は「三坪しか我が家には庭がない。あの家は十坪くらい庭があった。うちと同じくらいとも太郎をかわいがっていたから、そうだよな、うちよりむこうのうちだよなとあきらめた。ところが、とも太郎、一カ月くらいしたらいなくなってしまった。高いきれいな犬だから、だれかが拉致したか、それともチョロ太郎を探しに旅に出たのかわからない。ごめんな、太郎。とも太郎は、もうここにはいない。そういえば、お前の家でお茶を飲んだことはあったけど、うちで飲んだことないよな。うちの親もお前に会いたがっている。なんつったって大親友の親だからさ。庶民の家でお茶を飲め」と言った。

ぼくは、その友だち、よしお君の家で初めてお茶を飲んだ。「酒田の母ちゃんの家は庶民だ。田舎だから、もう少し家と庭が大きい。田んぼと畑もある。でも、昔の家よりとってもとっても小さい庶民の家だよ」と言うと、よしお君は「普通、そうだよな。太郎、お前は、家が大きかろうが小さかろうが、おれの自慢の大好きな仲間、親友だ。おれはそう思っている。太郎は?」と聞いた。「おれも、そうだ。あの日、昼間だったけど、おれは母ちゃんと東京から逃げた。命の危険を感じたからだ。三年経ってやっと帰ってきた。そして、よしおに会えた。とも太郎には会えなかったけど、よしおに会えた。うれしいよ、大好きなよしお。ここにとも太郎がいたら、もっと最高だったのに」と言った。

「そうだ、正直でいい、太郎。おれに会えた、うれしい。とも太郎がいない、さみしい。そうだ、正直な気持ち、それでいいんだよ、太郎」と肩を抱いてくれたよしお君。元同級生でも、よしお君はぼくの三歳上のお兄ちゃんみたいな優しさの持ち主。実際、よしお君は三人兄弟、男兄弟の長男でした。

よしお君が「太郎、どうして、また、東京に戻ってきたんだ?」と聞いてきた。

ぼくは「この四月から、おれは東京帝国大学の学生さ。山形県から奨学金をもらって、授業料も出してもらっている。でも、これは、飛び級で入れた人だけ。酒田の庶民、いや、母ちゃんとおれは居候なわけだけど、おじちゃんとおばちゃん、いとこたちには本当によくしてもらった。感謝、感謝、ありがたい。居候でも、大学に行ける。山形県にも感謝、感謝、ありがたい」と答えた。

よしお君は「相変わらず、お前の言うことはすごいな。おれは、高校出たら、就職すると思う。あと、一年ある。高校行けただけでも、まあまあ良い方だと思っていたよ。庶民だし、弟二人いる長男だから。今、決めた。働いて、夜学に通う。何か、資格を取る。太郎に負けたくない。なんてね。ゆっくり、一年かけて考えて結論出すよ。おれこそ、お前に会えてよかった。戦争中とはいえ、おれたちは若者だ。未来に向かって歩いて行かなければいけない」とうなずきながら言った。

ぼくは「うちのおじいちゃんは、海運業を始めるために運転資金をこつこつ稼いで貯めた。英語も話せないといけないと夜学に通った。大学卒だけど夜学の大学卒。眠い日ばっかりだったと思う。そう考えると、やっぱり、すごい。尊敬するよ」と言った。

よしお君も「おれも本当に尊敬するよ、お前のおじいちゃん。おれのこともかわいい、かわいいと頭をなでてくれた。お小遣いまでもらった。親に預けていた。この前、あの金は？とおふくろに聞いたら、最近まであったけど、米代に消えたそうだ。それでも、その米代があったから、こうして生き延びている」と言った。

ぼくは「おれこそ、まさに、生き延びた命。人生は、まだまだこれからだ。生き延びる。大切な言葉だ。人は死んだら、それで終わり。なにもなくなってしまう。絶対に生き延びようぜ、よしお」と宣言した。

よしお君も「おおー。人生これから、絶対に生き延びてやろう！」と宣言した。


大学生の夏休み。お互いに、なんと東大生になった二人。

ぼくとひまわりちゃんは、受けた授業がそれぞれ違ったみたい。同じキャンパスにいたのに、ほとんどすれ違い。あの、五メートル先にひまわりちゃんがいる。「気づけよ、おい、お前だよ」と言いたくなります。

これは仕方がないのです。ベターハーフ、お互いに、近くに何人かいますから、まさに、いつも意識して近くにいないといけない時期なのです。


ぼくは、母ちゃんがしっかりしているから、夜、家の近くの高校生の家庭教師を二件しています。昔も東大生の家庭教師の時給の単価は良くて、生活費はかからないから、家庭教師代は自分のおこづかいにできます。でも、やっぱり、半分は母ちゃんに渡して、半分をおこづかいにしています。これも高校生の頃のアルバイト代と一緒ですね。

ぼくは、四月に上京したのに、七月に夏休みだからと言って酒田に帰っています。

酒田には優しい元同級生と、近所の人、おじちゃん家族、母ちゃんの方のおじいちゃんとおばあちゃんがいるしね。家庭教師は、二人とも高校一年生なので、夏休みにできないと言ったら、九月からまたお願いしますと言われて、そちらも、心配しなくて良いみたい。

四～六月の家庭教師代は、汽車賃とみんなへのお土産代。幸せな時間。「生きていてよかったなあ、おれ。あの日のお手伝いさん、ありがとう」と、そっとつぶやきながら、お土産を選んでいます。

酒田に着いてからは、高校のグラウンドに出向いて、元同級生と楽しく、ほぼ毎日野球をやっています。


ひまわりちゃん。常に働いて仕送りしたいと考えてしまうみたい。夕方から、料亭の仕事があるのにね。

朝から午後の四時まで、素敵な音楽、レコードをかける喫茶店で、キッチンとフロアー。皿洗い、料理、ウエートレスもするアルバイトを始めました。夏休みの間だけ。ぼくと二回デートしたあの喫茶店に似た感じの店。あの二回の喫茶店デートは思い出すだけで胸がキュンキュンしちゃうよね。

ひまわりちゃん、皮膚は普通の強さかな？　でも、朝から晩まで水仕事。夏なのに、手があかぎれになっちゃった。

店に、ひまわりちゃんに一目ぼれした三人の大学生出現。ひまわりちゃんは、身長百六十四センチ。スタイル抜群。おまけに賢いから気の利いたおしゃべりして、愛嬌もいいからにこにこしています。健康な男子ならば、誰でも好きになる芸能人みたいなルックス。ひとりは東大生。ひとりは学習院。ひとりは早大生。

あかぎれのひまわりちゃんの手を見て、三人ほぼ同時にハンドクリームを買って、渡しました。学習院は中でも積極的。「こうやって塗るといいよ」と自然にひまわりちゃんの手をとって、ハンドクリームを塗っています。普通は手を握るだけだって、人によっちゃ、そこまででも大変なのに。手相を占う人みたいに、自然に手を握っています。ひまわりちゃん、ぼくから「大好き」と言われたことはありますね。手は花見をした時、散歩してやっと握ったよね。そんな人だもの、お医者さんじゃあるまいし、若い男の子に手を握られたら、顔が真っ赤になっちゃうよね。ぼく、ピンチ。酒田で同級生と野球やっている場合じゃないよ。そこの学習院、ひまわりちゃんに勝手に触るなよ、と言ってしまう。

早大生は、サークルかなんかの活動で、勝手にフェードアウト。

東大生は、ある意味、健気。四時にひまわりちゃんが帰るので、この日も、朝とお昼に二回来店。十時くらいに来て、二、三時間粘る手もあると思うけど。「家庭教師代と何かのバイト代が昨日入ったから、今日は二回来ても大丈夫。ひまわりちゃんが作ってくれるごはんが二回も食べられる。うれしいなあ」とつぶやいています。かなり本気です。

ひまわりちゃんも感じます。ふたりはかなり本気で自分を見ているということを。

ぼくと会わない日が長くなってしまって、とても不安になっています。

昔は、今みたいに携帯電話がなかった。つい最近まで、駅で待ち合わせをした時に掲示板に書き込んだりする時代。ぼくとひまわりちゃん、お互いに飛び級に合格したことは知っていた。ぼくは、ひまわりちゃんは日本女子大に行っていると思い込んでいた。一緒のキャンパスにいるとは思っていない。

ひまわりちゃんは、働きながら勉強をしていたから。ぼくのことは好きで好きでたまらないけれど、付き合うための時間の確保も、会う時はこんな服がいいかな？　などと考える心の余裕もなかった。もし、キャンパスで出会ったら、「私も東大生なの、てへっ？　とか、なんてね、本当なのよ、うん」とかセリフやポーズも考えているけれど、もし、偶然会ったならばの世界だから、進展があるわけない。

ひまわりちゃんは行動に出ます。酒田のぼくに電話をかけました。母ちゃんの実家は、家に電話があるくらい、そこそこ庶民の上クラスの家。夏休みが終わる四日前。料亭からかけると村の人に筒抜け。マスターに頼んで喫茶店から電話しました。

ぼくが偶然電話に出ました。良かったね、本当。ぼくは「なんだ、ひまわり、元気だったか。おれも元気だ。お前、女子大には慣れたか？」とのんびりモード。

ひまわりちゃんは「もし、キャンパスで会ったら、言おうと思っていたけど。私も東大生なんです。お昼に音楽の素敵な喫茶店でアルバイトをしています。そこにお客で来る大学生三人。私たちより、一、二歳先輩の人。二人は積極的なので、私、太郎さんへの気持ちに少し不安が出てきました。あなたに、今すぐ、会いたいです。好きです。あなただけが好きです」と言い、しくしく泣きだす始末。

わきで見ていたマスターは、そのひまわりちゃんの様子にびっくり。そういえば、その三人の大学生はあの……かあ。うーん。

ぼくは「びっくりしたけど、うれしかった。大好きな人からの告白。ナハトムジーク。夏休みの最後まで酒田にいようと思ったけど、明日帰るから、東京に。明後日、会おう」と約束しました。

ひまわりちゃんの心の声。

生まれ育ったお里は、きれいな空気、水、みどりでいっぱい。そう言われても、目立った産業もなく、朝から晩まで大汗かいて働いて、お米とわずかばかりの野菜を作り、それを食べる。なんの刺激もない、何年経っても進歩なし。ただ朽ちていくのかという思いを、さくらんぼちゃんがいなくなってからずっと感じていました。

そして、今は東京、都会のど真ん中にいます。ふと、思いました。都会は刺激が多すぎる、強すぎる。こんなにたくさんの人がいるのに、誰一人知らない。誰ともあいさつしない。誰ともしゃべらない。さみしい、さみしい。

ホームシックですね。大学でお友だちができなかったなあ。お友だちはできにくいよね。とにかく、働いて家に仕送りをしなくっちゃ、勉強もしなくっちゃ、の日々だもの。友だちを作る心の余裕もなかった。

そして、その前に東大には友だちになる女子学生がほとんどいなかった。そこで、アルバイト先の喫茶店で出会った男性三人。心がゆれてしまう。これは当たり前のことなのよ。

ぼくとひまわりちゃんは、上野公園で会いました。ここはとっても落ち着きます。緑がいっぱいだから。

緑しかないお里で育ったひまわりちゃんは、上野公園の緑を見ているだけで癒されます。

　ぼくは正直に「ひさしぶり。約一年ですか。おととい、電話をもらうまで、ぼくは自分のことで精いっぱい。好きだと言っておきながら、君をいたわったり、大切にしていませんでした。ごめんなさい。元気でしたか？」と言いました。ぼくは本当に育ちの良いお坊ちゃまなのです。こんなに素直に謝られたら、怒れないというか、得な性格みたいです。

　ひまわりちゃんは「本当に本当にさみしかった。どうして、いつもそばにいないの？　好きだと最初に言ったのはあなたなのよ。好きにさせておいて、あなたに会えなくてこんなに毎日さみしいです。いっそ、片思いの方がよかった。

　これはやっぱり訂正です。きちんと会いました。会ってあなたとお話をしました。本当に好きになりました。これ以上のぜいたくはないもの。こうしてまた会えた。奇跡です。巷は戦争中です。本当に好きなのに会えずに戦地へ行く人もいるこの時代。こうやってまた会えた。そのことに感謝しなければいけないのに、いっぱい愚痴っちゃった。ごめんね。でも、本当にあなたに会えなくてさみしかったの。やっぱり、愚痴らせて。太郎のバカ」と言いました。

　ひまわりちゃんは、ぼくの前では、素直に、妹に接するみたいに本音が言えます。

ぼくは「ひまわりちゃんには、ぼくのことをもっと知ってほしい。ぼくの素性を。ぼくは、十四歳まで東京で生まれて育った。家は、上野公園の近くにある。訳があって今はだれも住んでいない。今日は、まだ、心の整理ができていないから、ここまでは伝えます。そして、ぼくが言いたくなったら、少しずつ、ひまわりちゃんには伝えるから、このことについてはそっとしておいてほしい」と言いました。

ひまわりちゃんは「太郎君はずっと酒田の小金持ちのお坊ちゃまで、夏休みにおじいちゃんの実家でアルバイトをしている人かと思っていた。ふーん、どうりで言葉がなまっていないし、いろんなことを知っていたのは、東京のお坊ちゃまだったからなのね」とつぶやいた。

ぼくは「なつかしい響きだな。東京のお坊ちゃま。あらためて聞くといい響きだね。当時は、その響きはまわりにいるいろんな人から、しょっちゅう言われて、うっとうしかったよ、正直なところ。でも、こうして大きくなったぼく。その言葉で、昔の記憶が、楽しくて幸せな記憶が、よみがえる。今日はそう感じた。ありがたい言葉だったんだ。

今日は、ぼくがコーヒーをおごります。ご賞味あれ」

と言って、コーヒーを二人分買ってきました。

ふたりは、外のテラス席、日陰のそよ風の吹くところに座り、会えなかった時にどんなことがあって、どんなことを考えたのか、近況報告会をしました。

ひまわりちゃんは「酒田では飲んだことがなかったコーヒー。今はバイト先で、コーヒーを作って提供しています。もうすでにコーヒーの知識と味の違いがわかる分、私の方が上のような気がする。エッヘッヘ。どうだ、参ったか」と優しくけたけた笑った。

ぼくは「ははあ、参りました。君にこんな形でリベンジされるとは。かないませんな、お嬢様。只者ではござらぬな」と乗ってきた。

ひまわりちゃんは「やっと、気が付いたの。東京のお坊ちゃま」と言うと、ぼくは「今の東京のお坊ちゃまは嫌味に聞こえるから、ちょっと心外」と少しむくれた。

ひまわりちゃんは「ごめん、ごめん。東京のお坊ちゃまは素敵な言葉だから、からかう時に使っちゃだめだよね。間違えました、ごめんなさい」と優しく謝ってくれた。

ぼくは、もう一度売店へ行って、お菓子を買ってきました。

カップの少なくなったコーヒーとお水でお菓子も食べました。

なんだか二人は小腹が満たされて眠たくなってきます。

ぼくが提案をしました。

「あの向こうの長い椅子のベンチに行かない。あそこはもっと日陰でそよ風が吹いてお昼寝にはぴったりな場所。ぼくにはそう見える。どう？」

ひまわりちゃんは「いいわね、私もおなかがいっぱいになって少し眠気がしてきた。賛成」と言い、ふたりで手をつないで長い椅子の木陰のベンチに座りました。

ひまわりちゃんは「私、好きでもない人から、手があかぎれているからと言って、ハンドクリームを塗ってくれると言ってベタベタさわられて嫌だったの。同じ手をつなぐのも太郎君の手だととっても幸せな気持ちになるの。不思議だよね。いい意味、不思議。いい意味、幸せ。小さな幸せ。ずっと、会いたかった。今日は会ってくれてありがとう」と言った。

ぼくは、思わず、無意識にもう一つのあいた手で、ひまわりちゃんのかわいいほほをなでていた。そして「手はたしかにあがぎれだ。でも、ほっぺはすべすべチューしたくなる」とつぶやいた。するとひまわりちゃんは、「わたくしは、田舎者ゆえ、今日は手を握るだけで満足でござる。それ以上は、この次によろしくお願いいたしまする」と頭を下げた。ぼくは「君はやっぱり江戸時代から来た人。とも太郎とよくござるとか言っていたから、会えたら会わせてあげたかったなあ、とも太郎にも」と思わず、少し涙ぐんでしまった。

ひまわりちゃんは、自分がいろいろ言えば言うほど、今日のぼくがセンチメンタル入ってしまうから、黙っていようと目を閉じて寝たふりをした。そうしたら、日頃の疲れと心地よいそよ風に誘われて、本当に手をつないだまま寝てしまった。

ぼくは、ひまわりちゃんが会話の途中で寝てしまったので、少しびっくりしたけれども、毎日働いて疲れていたのかなあと思った。また、優しいそよ風が吹いてきた。お父さんの姿を思い出した。「ハンモックゆらゆら」のお父さん。母ちゃんとともも太郎とぼくの姿をハンモックにゆらゆらしながら、よく見て笑っていた。少しすると本を顔にかけて寝ていた。

お父さんは毎日仕事で疲れていただろうなあ、庭にいるぼくたち三人——とも太郎も人みたいなところがあったから——みんなの様子を見てほっとして寝ていたのかもと思い、もう一度、ひまわりちゃんの手をギュッと握った。二時間くらい寝ていたのかなあ。平日の上野公園。散歩の人と犬に少し会う程度。あの日はやわらかい風だった。

ひまわりちゃんと別れた後、お父さんはもっともっとぼくに会いたかっただろうなあと思い、帰りは少し遠回りをして、昔の家の前まで行ってみた。しばらく心の中で「お父さん、お父さん、ぼくは、また東京に帰ってきたよ。四月にも言ったけど、九月にも報告するね」と手を合わせながら言った。また、小さな声でつぶやいた。手を合わせた時は、小さな声でつぶやいた方が、ご先祖さまや御霊には伝わると誰かから聞いたことを思い出して言っていた。

お互いに東大生とわかったぼくたち。

ひまわりちゃんは喫茶店のアルバイトを辞めました。もともと夏休みだけという条件だったし。マスターはできたらずっと、できなくても来年の夏休みもぜひ来てくださいと言った。

ひまわりちゃんは、ずっと宿坊や料亭で料理の仕事をしています。まだお手伝い程度だけど、普通の学生さんとは料理の腕が違う。ひまわりちゃんが作るとおいしいと評判になる。看板娘としても最高……。

ひまわりちゃんは、通常の勉強と料亭の仕事の生活に戻りました。夏休みより収入は減ったけど、働きながら、勉強する、疲れない程度に。お金をもらうということは、疲れていても仕事を優先しなければいけないので勉強時間がなくなってしまう。この距離感、安定感が、一番落ち着くことを、夏休みのアルバイトの掛け持ちで知りました。

ぼくも学生生活、日中はちゃんと勉強をして夜は家庭教師のアルバイト。ひまわりちゃんから見ると、のんきで平和な学生だと気が付きました。

ある日、親友のよしお君からあるお願いをされました。それは、よしお君と弟二人の家庭教師です。週一回、二～三時間。お金は出世払い。夕ご飯は腹いっぱい食べてよいというもの。

よしお君、あまり勉強が好きではありませんでした。ぼくは大学一年生。元同級生のよしお君は高校三年生。高校を出たら、就職することを決めたそうです。そこで、聞いたおぼえのある会社は、まさか、面接試験だけでなく、学科試験もあることを知ったのです。この現実。真っ先に、ぼくの顔が浮かんだとのこと。「親友の太郎に家庭教師を弟も一緒に頼もう」というものです。

毎週、木曜日に、六カ月間、ぼくはよしお君の家に行って、三人に勉強を教えました。みんな、見違えるほど、勉強ができるようになり、ぼくは感謝されました。

行きも帰りも昔の家の前を通る。もちろん、ぼくはお父さんへの祈りを忘れません。たまに、小さなお花やお菓子が家の前に置いてあることに気が付きました。三坪のお庭に咲いているお花でしょう、きっと。ぼくにとっての新しくできた弟君たちが、そっと手を合わせてくれていたようです。なにも言わなくてもわかるよね、その優しい行為。

そのうち、ぼくはとってもとっても大切な、一番大事な忘れ物であるおじいちゃんの無念を考え始めるようになりました。ぼくは、あんな最後をとげた偉大なおじいちゃんとお父さんの死、現実を受け止めることがまだできません。できるはずがありません。心はずっとぽっかりどころか、真ん中に大きな穴が空いたまま。おじいちゃんとお父さんの死を受け止めきれずにいました。ぼくはもうすぐ十八歳。ふたりは死んでいるということを自覚するまでに、四年も月日がかかったのです。

いいえ、そうではありません。絶対にちがいます。大好きなおじいちゃんとお父さんがあんな理不尽な殺され方をした。潔癖なぼくが許せるわけがない。思い出すだけで、はらわたが煮えくり返るほど。憲兵たち、その背後の金の亡者の大人が憎くて仕方ない。

ぼくは、よしお君の家に家庭教師に行く前に、カギを使って昔の家の門を開け、玄関の扉をノックしました。

「おーい、大好きなおじいちゃん、お父さん、いるんでしょ。ぼくは十七歳。もうすぐ十八歳。ぼく、大きくなったよ。おじいちゃん、お父さん。返事して、お願いだから。おじいちゃん、お父さん、おじいちゃん、お父さん。だれも返事をしてくれない。おかしいなあ、今日はいると思ったのに。また、来るね」

と言って、がっかりして外へ出ます。

そんなことを、四、五回しました。おじいちゃんとお父さんには、大声で、いや、小声で話しかけても、返事をくれないと気づきはじめたというのが、本当の姿です。

冬になりました。街にはコートを着た人の姿。

ひまわりちゃんは器用でセンスの良い人。ぼくのために、手作りのマフラーと手袋を作ってくれました。しかも、ひまわりちゃんとおそろいのデザイン。自分のものの目印は、ひまわり。ぼくは白いヨット。ぼくは船と車の話をよくしました。船の方がよく似合うと思って、白いヨットのマークにしたみたい。ますます素敵なカップル。ひまわりちゃんとぼく、その恰好、とてもよく似合っています。ひまわりちゃん、ファッション関係のお仕事が向いている気がするなあ。

そんなある日、ぼくは母ちゃんに教えました。

「母ちゃん、今、お付き合いしている人がいる。高校の時からの人。羽黒山の彼女。名前は晴美ちゃん。今、同じ東大生で、料亭に住み込みで働いている、がんばり屋さん」

母ちゃんは「うん、気が付いていたよ。太郎が見つけたすてきな彼女。晴美ちゃんていうの？　今度、家に連れてきなさい。母ちゃんも、仲よくしたいなあ。ぜひぜひ、連れてくるのよ。晴美ちゃんのこと、いっぱいかわいがってあげるから。ねえ、太郎」と言いました。

ぼくは「うん、連れてくるよ」と言いました。

ぼくと晴美ちゃんは、上野公園のデートの後、一週間に一度、定期的に会うようになりました。ほぼ学生食堂で一緒にお昼を食べました。

ぼくには、結構、時間に余裕があります。部活動するほどではないけれど、キャッチボールをする優しい気の合う野球青年二人と会い、キャンパス内で隙間を見つけては、やっています。野球やサッカーや運動は気の合う仲間が見つかって本当に良いものだと知らされました。

晴美ちゃんは、とにかく忙しい。家（料亭）に帰ると、仕事が待っている。まず第一に、学校の勉強をきちんとしたい人。当たり前です。大学に行きたくても行けない優秀な人たちがたくさんいることを知っています。自分の場合は、山形県の粋な計らいで、行政としては優秀な人材確保のための貴重な予算から捻出された大事なお金ですから、学校に来れるありがたさを痛感しています。だって、「お心遣い」の封筒、パントマイムの人だから。

ふたりが良く使った連絡方法、それは掲示板です。もちろん、デートの最後に、次は来週の何曜日の何時からと決めれば良いのだけれど、いい塩梅で決められない時や、途中急遽変更がある場合には、大変重宝しました。当時、大学のキャンパス内には、学生さん専用の掲示板、黒板（緑の板）とチョーク白、黄色、ピンク、青色、緑色と黒板消しがあり、自由に使えました。

一番使ったのは、お昼によく行った学生食堂の前の掲示板。でも、ここは、みんなが使うから、字がいっぱいで書けない時がしょっちゅうあったので、次に使ったのは、学生係の事務室前の掲示板という感じでした。晴美ちゃんが書いた文の後には、黄色いひまわりの花。チョークが全色ある時は、黄色いひまわりに、緑の葉っぱ付きで。ない時は白い一色のひまわり。たいてい黄色はあるから、ひまわりの花は描けたかなあ。

ぼくは、ちょっとさみしい。ぼくのマークは白いヨット。白いチョーク一本で足りてしまう。時々、さみしくて、ヨットの帆の色を青やピンクにしていました。

そして、そんなかわいい行動をするぼくを見て、二人の野球青年は、ヨットの次に「↓（矢印）、時間があったら⚾3」と書き、描きました。限られたスペースでのやりとり。野球青年は、デートの後にボールの絵、それはキャッチボール。場所の指定が必要で、それは番号1〜5。まるで、監督からバッターに伝えるサインみたいに。携帯電話のない不便な時代、楽しく工夫していたのです。

野球青年二人にも無事に彼女が見つかった後、同じルールで急遽キャッチボールをしたい時は、連絡して遊んでいました。

ぼくと母ちゃんは、お正月に晴美ちゃんが家に遊びにきてくれるといいなあ、できたら、泊っていってもいいのにと思うようになりました。

ぼくは「今度のお正月、うちにおいでよ。母ちゃんが会いたがっている。わけあって、今、おれ、母ちゃんと二人暮らし。だから、何も気を使わなくていいよ。母ちゃんは、酒田の出身で気さくな人。晴美に会いたがっている。来てくれるかなあ?」と言った。

晴美ちゃんは、「とっても行きたい、太郎君のお母さんに会いたい。だけど、料亭にはたくさんのお節料理の注文が入っていて、お正月も大事な稼ぎ時なのよ。わがままを言ってていい? 一月七日以降ならば、確実に太郎君の家に行けます。行きたいです。私、太郎君のお母さんに会いたいです」とはっきり答えた。

すごい、あなたは、ひまわりちゃん。晴美ちゃんだけど。大事な時に、はっきり自分の置かれている状況と意思をきちんと伝えられる人。素晴らしい、素晴らしい人。

待ちに待った一月七日。

晴美ちゃんは「今日はおよばれだから。そうか、こういう時に晴れ着を着るのか」と思ったそうですが、勝負服の中から、季節に合った服を選んで着て、ぼくと手をつないで家に行きました。

ぼくは、手をつないで知りました。冬なのに、晴美ちゃんはあかぎれになっていない。すごい。そして、ぼくが「晴美ちゃん、あかぎれ治ったの？」と聞くと「そう、治ったの」と答えました。「普通、あかぎれは冬になる人が多い気がするけど？」とぼくが聞くと「そうみたいねえ。普通はそうみたい。この前の夏は、私、本当に大変だったの。きっと。料亭は和食だから。田楽とか、揚げ豆腐とかは油を使うけど、片付けも紙や布で拭いてから洗うの。その後、一回ぬるま湯につけてから洗うの。洗剤をほんのちょっと使うだけ。

その点、あの喫茶店は、悪口になる気がするけど。洗い物をする時、洗剤たっぷりのシンクが一つ、洗い流す専用のシンクが一つあったの。お客さんも洋食を食べるから、料亭の和食よりも脂っぽいのよね。それから、コーヒーカップ、いつもピカピカにこだわっていた。それが清潔感、店の信用と店長は言っていたなあ。それはそれでとっても大事なこと。お店の信用になるからね。短期のアルバイトだったけど、私。私もお客さんにピカピカの食器で食べたり飲んだりしてほしいから、とにかく、必死に洗い物をしたのよね。私。手抜きの方法、それか、大事なポイントがわからなかったみたい。

その点、料亭は、漆の良いお椀や器がある。とにかく、ていねいに優しく使うこと、大切に優しく触ってね、と、おかみさんや板前さんが言うの。その方が長持ちするし、壊れないみたい。そのための一工程。ぬるま湯にそっと入れて、丁寧に洗剤少なめに洗う。それから、ハンドクリームを使うようにしたの。そうしたら、あかぎれが治ったの。見て、きれいでしょ」とにこにこしながら、もう一つのぼくとつないでいない方の手を表裏、表裏と回転しながら答えた。

ぼくは、晴美ちゃんのそのしぐさがあんまりかわいくて、もうひとつの空いている手でそのくるくるさせた手をそっととり、その手に優しくキスをした。そして、「ぼくが、ハンドクリームをいっぱい買ってあげるね、かわいこちゃん」と、にこっと微笑み返した。


家に着きました。

母ちゃんは、玄関の開けたところで、あんまりやったことのない、三つ指つけてのおじぎの練習をしているところ。玄関の戸を左にそっと開けたみたら、普段とちがう母ちゃんと目と目があって、大爆笑。酒田の家でも見たことない、いや、近所の人は見たでしょう、ジャパニーズスタイル「おじぎ」。「ようこそ我が家にいらっしゃいました」のポーズ。東京の家では洋館だったし、奥様だった母ちゃん、酒田の家や今の東京の家では息子が帰ってきたら、「太郎、お帰り」「うん、ただいま」で終わりだもの。しかも、久しぶりのお辞儀を披露すべく、母ちゃんは必死に練習していたのでありました。

晴美ちゃん、ぼくの陰で母ちゃんがおじぎの練習をしていたことは、わかりません。ぼくは晴美ちゃんがいる方と反対の目でウインクしながら、「お母さん、この人が晴美さんです」とそっと手を取って、母ちゃんの前にひまわりちゃんをエスコートして、立たせました。

晴美ちゃんは「立ったままですみません。私が○○晴美と申します。今日は呼んでいただいてありがとうございました。どうかよろしくおねがいします」とお辞儀をすると、母ちゃんは「長谷川太郎、いや、高橋太郎の母です。太郎が仲良くさせてもらって、とても幸せそうです。今日は、よくきていただきました。どうぞ、中にお入りくださいませ」と言って、今度は母ちゃんが手招きをして、家の中へ入っていきました。

ぼくの家の男衆。おじいちゃんもお父さんもぼく自身も愛嬌たっぷりに時々、ナイスタイミングでウインクを左右使い分けられる。みんな、「自称、西洋かぶれ」なんだけど。みんな、ナイスガイ、かっこいい男になりたい家系です。

母ちゃんは、材料もなかなか手に入りにくかった時代ですが、お赤飯と棒鱈煮（乾燥させた鱈を甘辛く煮たもの）と里芋の煮物とごぼうの肉巻きと卵焼き。野菜のお浸しと寒天のデザートを作って待っていてくれました。

母ちゃんは、晴美ちゃんとお里が近く、味の好みも近いはず。太郎が好きになった子。晴美ちゃんの両親と同じ気持ち。息子が晴美ちゃんと付き合うようになって明るくなりました。応援してあげたい。この気持ちと思いはまさに一緒です。

晴美ちゃんは感激しました。自分のために、しかも、このご時世。一生懸命、準備をして、心を込めて作ってくれたことが見た瞬間にわかります。感激して、涙が出てしまう。感受性の強い子です。

「ありがとう、お母さん。ありがとう、お母さん。こんなおいしいものを作ってくれて、待っていてくださったなんて。本当にありがとう」と言っていました。

ぼくが「『太郎君』のお母さんだよ。『太郎君』の言葉がなかったような?」と言うと、母ちゃんは「太郎、男なんだから、細かいことは気にしないの。この子はかわいい顔している。本当だ、太郎が言った通り、私にところどころ顔が似ている。お里が近いから、ふたりとも地域の顔だろうけど。そんな子が、うれしそうに感激して、お母さんありがとうなんて言ってくれたの。母ちゃんにとっても、今日は、なんていい日でしょう」と喜びを表しました。

晴美ちゃんは「私のお里、私の家。本当に貧乏です。大学は本当に県の支援、ラッキーだから行けている。家でこんなごちそうを見たことがありません。

それから、今、料亭のご厚意から住み込みで働かせてもらっています。一つ一つの料理は食べてしまうと一瞬です。でも、料理人の皆さんが心を込めて丁寧に作ってくれています。だから、わかります。作るのに時間がとってもかかったでしょ。それから、食材。これだけのものを手に入れるのはこのご時世、大変なんじゃないですか、きっと。感激して食べ物がのどをなかなか通りません」と正直に言いました。

母ちゃんは「見た瞬間にそんなことまでわかるなんて。優秀なのね、晴美ちゃん。大学は、ラッキーなところもあるかもしれないけど、今のあなたの感謝の言葉を聞いたら、さすが、東大生。その前に、さすが大学生と、太郎の母ちゃんは思います。だから、私のことを母ちゃんと呼んでいいよ、今日から」と言っていました。

すかさず、「いや、『母ちゃん』はぼくがそう呼ぶよ。晴美ちゃんは『太郎君のお母さん』と呼んでくださいますか。お願いします」とぼくは言いました。

それを、ちらっと見る母ちゃん。

それを察して、晴美ちゃんは「う、ううん。今日は『太郎君のお母さん』と言います。少し慣れたら、『太郎君の母ちゃん』でもいいですか？　お里では母親のことは『母ちゃん』と言うのが標準語なので、太郎君のお母さん」と優しく言いました。

すると、母ちゃんは「そうだね、ここは東京でした。ワッハッハ、ワッハッハ」と豪快に笑っていたのです。

ぼくの心の声。

ぼくだけ。いつもは、ひとりだけ大事にされてきたのに。なんだよ、この雰囲気。途中から、予期せぬ展開。そして、母ちゃんのあの笑い方。おじいちゃんにそっくり。まあ、母ちゃんは、ぼくの予想以上に晴美ちゃんのことを気に入ってくれた。それは、大成功。母ちゃんは本当に天然、そのまんま。母ちゃんが晴美ちゃんのことを気に入ってくれて、すぐに仲良しになってくれたのはうれしいよ。でもね、賢い晴美ちゃんは、ぼくだけを見ていてほしいなあ。母ちゃんも、七割はぼくだけを見ていてほしいなあ。

今日は、うれしいようなさみしいような、やきもち焼けるような不思議な気持ちになりました。

いっぱい笑った後だから、みんな「おいしい、おいしい」と言って食べました。

豪快な母ちゃん。三人で食べる以上を作っていました。

ひとつの袋は、よしお君の家用。小さな包みは、あの家のお父さんとおじいちゃんに食べてもらうお供え用。あとは、今の近所で良くしてもらっている用の三件。あらかじめとっておいた分に、少し付け足しをして、包みを作りました。そこは、プロフェッショナル。晴美ちゃんの得意分野。毎日、やっています。「お包み物二件、おみやげ三人分の世界」。すばやく準備したので、ぼくと母ちゃんはさすが毎日やっているだけのことはあると感心しました。

ふたりはにこにこしています。なんだかうれしくてうれしくて弾むような気持ちとは、このことでしょう。

そうだ、よしお君にも会いました。よしお君は「太郎、お前の彼女、偉い別嬪さんだなあ。

今日はごちそうさま。お母さんにもよろしく言ってください。おれもなんだかこんな感じの素敵な人が彼女、いや、お嫁さんになってくれそうな人が見つかる気がしてきた。太郎、聞いてくれるか？　お前の勉強の特訓の成果で、就職活動を五社して、一次試験は全部通ったぞ。一年前のおれには絶対に考えられない。本当だよ。いやあ、持つべきものはよい親友だ。無事に就職できた暁には、このよしお君がふたりに何か御馳走をします。今年の四月かなあ。待っていてくれよ」と、けたけた笑って上機嫌に話してくれました。

「もう一軒、付き合ってくれるか、晴美ちゃん」とぼくは言って、昔の家の前まで行き、まっくらな中、玄関の前まで来ました。鍵を使って玄関の扉を開けて、まっくらなその開けた入口に、そっと今日のごちそうを置きました。

その日は月の明かりがあって明るかったり、雲がかかって暗かったり。

ぼくは、晴美ちゃんに、「ぼくは、このうちに生まれて、十四歳まで、酒田の母ちゃんの家に逃げていくまで、ここで生活していました。おじいちゃんとお父さんは戦争で死にました。とてもひどい殺され方をしました。ぼくを育ててくれたお家。ここの場所は大好きな場所だけど、今は空き家になっています」と、そっとつぶやくように、途中から少し泣きながら教えました。晴美ちゃんは「わかったわ。十四歳まで東京にいたのね、太郎君。ありがとう、教えてくれて。本当にありがとう」と、また手を握って一緒に泣いてくれました。

ふたりはさっきの元気とは反対に少しうなだれながら、でも、しっかり手を握って、大好きな上野公園を通って、上野駅まで来ました。一緒に電車に乗って、晴美ちゃんの住み込みの料亭まで来ました。ちゃんとジェントルマンにおうちまで送りました。

第五章　捻じ曲げられた運命・仕組まれた罠

二月八日、ぼくの十八歳の誕生日になります。

当時の市役所職員は、一般市民をどんどん兵隊さんに行かせるために、勝手に生年月日を半年くらい平気で書き変えている、つまり、改ざんしている様子がよく見えます。戸籍は紙だから、書き変えてもばれなければ良いなどと考える悪い役人もいました。

当時の日本は徴兵制。一月の下旬、「学徒動員兵」として、通称「赤紙」がぼくの家に届きました。身体検査もなし。去年の四月に大学でやった身体検査の情報が手元にあり、すでに行先も決まっていました。「甲種合格、赴任地は茨城県の霞ケ浦、特攻隊部隊操縦特殊任務」です。

母ちゃんは泣きました。ウォンウォンと声に出して泣きました。

母ちゃんの心の声。

まさに、戦争だ。五年前には想像もできなかった世界。

戦争が始まってすぐに、おじいちゃんとお父さんがあんな形で殺された。そして、今度は、若者の、大事な息子の太郎。十八歳。若い盛り。これからの人。未来の希望が、特攻隊の飛行機に乗って、「神風特攻隊」とは言うものの、まさに、片道切符。船に突撃、人間爆弾になって、死んで来い。一緒に、敵国の船の人もたくさん殺せ。お前は人間破壊装置。飛行機に乗ったとたん、一体化した爆弾装置なのだから。そんなこと、一般人でも多くの人が知っている常識だ。学校では決して教えない。天皇陛下のために死になさい、それが国を守る唯一の方法です？　そうだ、教育勅語。あんなばかげたものを……。

それ以上に、もっと泣いたのは太郎本人。半日、泣いて、泣き疲れた頃。

「そうだ、よしおは、十月生まれ。俺より先に十八歳になっているぞ。一月に就職内定しそうだって言っていたなあ。なんか、おかしいぞ」と思ったら、国の指導者のばかさ加減にむかついてきて。すぐに、太郎はよしお君に確かめに行った。

やっぱり、よしお君には「赤紙」が来ていなかった。太郎が狙い撃ちにされている……。

太郎は、次の日、学校に行ってみてびっくりしました。大学一、二年生の約六割の男子学生に「赤紙」が来ていました。国は一体なにを考えているのだろう。東大生は優秀だよね。京都大学でも、いわゆる旧帝大生の多くの人に「赤紙」が行ったのです。

つまり、指導者は、自分よりも、将来、優秀である有望な人材ほど、戦争という時期に殺したいのだと悟りました。

太郎は、母ちゃんに言いました。

「負けるとわかっていても始めた戦争。たくさん人が死んでも、優秀な人、優しい人が死んでも、むしろ、うれしがる一部の人だけが儲かる戦争。指導者が起こしたもの」

母ちゃんは声を大にして言いたい、叫びたい。

「やっぱり、許せないのは、母ちゃんには、もう、太郎しかいないのに、わかって送ってきたに違いない、赤紙を。戦争を起こした連中は。母ちゃんは、怒り狂いそう」

「赤紙」が来てから三日間。母子は泣きました。

むなしい、むなしい、くやしい、くやしいと言って泣きました。

なんで、私と太郎はこんなにも無力なのかと思って泣きました。

母ちゃんは涙が止まりません。

「偉大なおじいちゃん、おじいちゃんが生きていて、あの時、すぐに戦争が終わっていたならば、たくさんの命が助かったのだろう。その前に、未然に防げたはず、この戦争。そして、大好きなお父さんは死ななくて済んだ。私にはわかる。だって、お父さんのベターハーフだから。

おじいちゃんは自分の主義主張、『戦争反対』と言って殺された。

お父さんは、ロシアとかいわゆる外国の武器の密輸を頼まれたのだと思う。うちは、海運業だから。あんまり、大きなところはさすがにそんなことはしない。小さすぎるところは、一度に運べる量が限られているうえに利便性が悪い。ちょうど、うちくらいの規模が彼らには適任だったの。お父さんは語学が堪能。そして、うちには学生さんの寮があったでしょ。太郎。そこを、かれらは、悪徳武器商人のアジトにしようとした。あの寮に、二、三人の悪徳武器商人リーダーを住まわせる。手広く悪い金儲けをたくらんだのよ」

ぼくも涙で声をからしながら、つぶやきました。

「ぼくは、お父さんの最期に立ち会わなかった。だから、生き延びた。母ちゃんは立ち会った」

母ちゃんもゆっくりと、つぶやきました。

「もう、誰かから聞いて知っているかもしれないけど、お父さんは、母ちゃんと太郎、うちの従業員とその家族の命を守る、そして、武器の密輸はしないという条件で首を吊って死んだの。首吊り自殺に偽装されて死んだの。憲兵の一人は間違いなく、どこかの国のスパイ。お父さん、仕事柄、いっぱい語学を勉強していたのよね。いろんな国の言葉が話せたの。母ちゃんだって海運業者の妻だからわかる。お父さんと憲兵のやりとりの大体のところ。最初は日本語、一人はね。後半の約六割は、英語はもちろん、ロシア語、スペイン語で、ほかの国の言葉で何かを話していた。

それから、船の海運法、国際法第何番、ノー。できないっていう意味。これに反するからやりたくないっていう意味。海運業の権利を取り上げるぞとか、もう一人の憲兵は日本語でわめいていた。だから、彼は日本人。そして、見張り役の憲兵さん。きっと、はめられたのよね、彼は。もういいです、やめてください、かわいそうすぎます、とずっと言って泣きっぱなし。

きっと、このことがばれてしまったら、二人の悪党憲兵は見張り役のせいにする。見張り役は優しいお人好しだから。そこに私はいましたなんて言って、今度は彼が首を吊らされる。

悪党二人が出世する。優しい憲兵は、自責の念で首を吊るか自殺するのよ。そして、死人に口なしで全部、優しい憲兵さんのせいにすると思う。お父さん、首を吊る前に、たくさん書類にサインしていた。書き方の手の動きからして、日本語だけでない、いわゆるサイン。外国の公文書？　日本の公文書は国会図書館にあるのかしら？

やっぱり、母ちゃんはお父さんが一目ぼれした人。そして、ベターハーフ。声だけじゃない、手の動きですべてわかる。だって、商売やっている人はわかるはず。どんな会社だって、必死。みんな、命がけで働いているもの」

「太郎、どうか無駄死にしないでください。みんなの大事に守ってきた宝物。みんなの未来です。どうか、どうか、死なないでください。太郎の命が助かるのであれば、母ちゃんの命はいりませんと、神様がこの世にいるのであれば、お願いします。

太郎、どうか死なないでください。晴美ちゃんと明るい未来を生きてください」

と母ちゃんは、ぼくの手を握りながら、優しく諭しました。

ぼくは「母ちゃん、わかったよ。ただね、母ちゃんも生きていてくれよ。かわいい孫の顔を見るまでは、死んじゃいやだよ、母ちゃん。母ちゃんも一緒に明るい未来を生きようね」

と母ちゃんにお願いしました。母ちゃんの手って、あんなに小さくてやわらかかったかなあと感じながら、お願いしました。

ぼくは晴美ちゃんに会いに行った。「赤紙」を見せた。

大泣きする晴美ちゃん。「何で、何で、何でなの。戦争は弱い人、優しい人から順番に命を奪っていく。絶対に良くないよ。だって、まともな人ほど、人殺しなんかしたくない。戦争って、人殺し以外の何物でもない。人だけじゃないよ。自然を空を海を全部破壊する」と言って、今度は、ぼくの胸に飛び込んでしくしく泣き始めました。

「初めて好きになった人。大好きになった人が、戦争に行く。もしかしたら、死ぬかもしれないと思うと、それだけで涙が出てしまう。これは、私だけじゃない。恋人はみんなです」と言って、暗くなりかかった上野公園のあのベンチで泣きました。

ひとしきり泣いた後、ふたりは、二月の初め、しかも、今日は節分。一年で一番寒い日に、このベンチにいたんだとしみじみ思った。その日は料亭も暇なので、遊んできてよいと言われて、もう少しいてから、帰ることをふたりは決めました。

ぼくと晴美ちゃんは、あの昔の家にいた。外はだんだん暗くなっていく。玄関から最初の部屋。応接室。ここはおじいちゃんのお気に入りの部屋。晴美ちゃんと母ちゃんが「母ちゃんとお母さん、山形と東京、標準語の場所はどこ」で盛り上がって笑った声がどうしてもおじいちゃんの声にしか聞こえなかったなあ、と思い出しながら、入った部屋が応接室だった。ほこりをかぶってはいたが、ほぼ、あの日のまま。それどころか、七歳のぼく、二歳のとも太郎、おじいちゃんがそこにいた。ジージーという雑音と一緒に外国のラジオを聴きながら、おじいちゃんは「なあ、おれのかわいい孫。かわいいカブトムシ博士、わんこ博士の太郎君。おじいちゃんに今日の予定を教えてくれるかな？」と聞いてきます。

ぼくは「今日、ぼくはお庭のパトロールをとも太郎とします。木々はでっかくなったとか、葉っぱの色が季節によってかわるから、見るのが楽しいです。ぼくは、虫以外は、船と車が好きです。そこは、おじいちゃんにそっくりです。でも、母ちゃんやお手伝いさんが大切にしている庭のお花、名前は少ししか知らないけれど、どんどん大きくなる様子、お花が咲くととってもうれしくなります。そこは、母ちゃんたちと一緒かな。今日は小学校が休みの日だから、学生さんたちも休み。時々、遊んでもらったり、お菓子をもらったりします……」と答えます。

おじいちゃんは、「そうかそうか」と目を細めながら、もう、だいぶ大きくなったチョロ太郎を膝に乗せて、うしろから抱きしめて、ご満悦。時々、二人羽織のようになっていました。

　ぼくは晴美ちゃんを引き寄せて膝の上に乗せました。さすがに重いし、七歳のチョロ太郎君のようにはいきません。ぼくは「次にぼくがどんなことをしても、びっくりしないで」と言いながら、またをガパーッと広げて、空いた隙間に晴美ちゃんを抱き寄せ、後ろから優しく包み込みました。晴美ちゃんは「私、もうちょっと、おチビちゃんだったら良かったかなあ。クスッ」と言って笑いました。

　晴美ちゃんがその姿勢は嫌いではないとほっとして、次にしたこと。ぼくは大きめのコートを二人羽織みたいに羽織ってみました。とても、温かい。晴美ちゃんをぼくが抱きしめて、ぼくはあのおじいちゃんに抱きしめられている感覚。みんな、とっても幸せに感じた二十五分間。

　晴美ちゃんは「私にいい考えがある。このコートをこうやって私に前面からかけるの。このソファーは布製だから、太郎君の背中は寒くない。熱効率が良いうえにとっても自然な形。そう思わない?」と聞いてきました。「あっ、まあ」とぼくがそう言うと、晴美ちゃんは「太郎君、ごめんね、この方が私は暖かいし、後ろから圧を感じなくていいの。ほらっ。すっごく暖かい」と言ってにっこり。晴美ちゃんとのデートはいつも上野公園か、または、学生食堂。つまり、あまり暖房が効かないところ。寒いとは言わなかっただけなのかあ、と知りました。おじいちゃんの話は言いそびれてしまったなあ。応接間、本当に落ち着く。本当にすぐそばにいて、大きくなったチョロ太郎のぼくを見ている気がした。その部屋に二時間くらいいいたかなあ。

お腹が空いたので、晴美ちゃんを料亭に送り届ける途中で、何かを食べようとあの家を出ました。しかも、今日は節分。「鬼は外、福は内」帰る途中にちらほら聞こえる平和な声。そして、多くの家から「お父さんが無事に帰ってきますように。お大黒様、お大黒様。戦争の神様でないことはわかっていますが、どうかお父さんを守ってください。そして、お家に返してください」という戦争中の節分の掛け声が聞こえました。

晴美ちゃんとぼくは、「今日は、豆をもっていないから、形だけ。ジェスチャーで豆まきするわよ」と遊びながら帰った。そして、やっぱり、掛け声は「太郎君が母ちゃんと私のところに元気で生きて帰ってきますように」だった。十回も言ったから、ご利益ばっちり。平和な気持ちで、晴美ちゃんを家に届けました。

その後、ぼくと晴美ちゃんは結ばれました。

晴美ちゃんが積極的でした。もし、このまま、ぼくが特攻隊で飛行機に乗って、お空に飛んでいったらと考えたら、あのまじめな晴美ちゃんが、勉強していても、何も頭に入ってきません。ご飯も食べられないくらい、ぼくのことが好きで好きでたまらなくなってしまいました。

晴美ちゃんは「太郎君、わたしの初めての人になってください」と言いました。

ぼくは「ぼくでいいのか、本当に。おれもずっと、晴美としか関係は持ちたくないと思っていた。でもな、お前はばかじゃない。もし、おれと関係をもって、子どもができてしまったらどうする気だ」と聞きました。

晴美ちゃんは「当り前よ。私、産むわ。貧乏には慣れている。だから、負けない。大好きな太郎君の子どもだもの。がんばって産んで、歯を食いしばって育てるわ」と言いました。

ぼくは「覚悟の上の告白だったのか。これも、実は、おれの方が先に言いたかったけど、言えないでいた。大丈夫、歯を食いしばらなくてもいいよ。子どもができたら、楽しく、いっぱい、いっぱい、母ちゃんも一緒になって育てようよ。だって、晴美ちゃんと母ちゃん、息子のおれがやきもち焼けるくらい、この前は気が合っていたよ」と答えました。

お互いに初めて同士。場所は内緒。うまくいくまで、三日もかかったみたい。その後、三回結ばれました。これ以上は、ご想像にお任せします。

二月二十八日、ぼくは母ちゃんと晴美ちゃんとよしお君と近所の皆様に見送られながら、徴兵先の霞ケ浦へ行きました。

その次の日。うるう年でなければ、三月一日。晴美ちゃんにも事件が起こります。

晴美ちゃんの村の長から料亭に電話がかかってきました。「両親が大変なことになっているから、一日も早く帰ってくるように。まわりで、一日も早く結婚式をあげさせるという声も聞こえる」という変な電話。料亭の女将さんは「村の長さん、こちらでは、晴美ちゃんのことをご両親から預かっている東京の親のような気持ちでいます。ご両親にかわっていただけませんか？」と言った。村の長は「早く、早く、お里も大変だから。それに東京は空襲でもっと大変そうじゃないか。やっぱり、一日も早く帰ってきた方が良い」と言いました。

学校から帰ってきた晴美ちゃんに、女将さんは「両親が大変だから、村の長が、お里に帰ってくるように、と電話をかけてきたよ」と伝えました。ここの料亭のお父さんとお母さんは本当に晴美ちゃんのことをかわいがっています。子どものいないふたり。娘みたいに思ってくれていました。料理人に対しても、お父さんが料理人でもあったので、料亭で働くみんなをわが子のように心配し、大切にしていました。

晴美ちゃんは、料亭のおかみさんの話、実家の両親の体が悪くなったような話を素直に信じました。晴美ちゃん、親思いの優しい人。村の長は妹のことがあって、嫌いだったけど。しょっちゅう具合が悪くなるお父さん。素直に料亭のおかみさんの話、「家の両親は体を崩してしまって大変だから、家にすぐに帰ってくるように」を信用しました。

晴美ちゃんの心の声。

お父さんとお母さんも年だしなあ。思えば、家を出てから一年経っている。仕送りもしたけど、少しはおこづかいもできたから、お母さんに渡してあげよう。お父さん、どんな具合かなあ、心配だ。太郎君のことも教えてあげたいし。太郎君は昨日、霞ケ浦に行っちゃった。学校も春休みだし、一回、帰ってみるか。

晴美ちゃんは、料亭の女将さんことお母さんと料理長ことお父さんに「一カ月くらい、春休みの間だけ、実家に帰ってきます」と言いました。すると、料亭のお母さんは、「これ」と言って、封筒を二つ渡してくれました。やっぱり、料亭のお母さん、心配りが繊細です。薄い透けるきれいな和紙が表面で、中身は小さなポチ袋。水色と薄緑の和紙。その中身。一つは「晴美ちゃんのお父さんとお母さん用」、もう一つは「晴美ちゃんが実家と東京を往復できる汽車賃二回分とお弁当代」と言って持たせてくれました。そして、「家の用が済んだらすぐに東京に戻ってきてね。それから、何か嫌なことがあったら、すぐにその汽車賃を使って戻ってくるんだよ」と付け加えました。お母さんは商売人、勘が働きます。あの村の長のまわりの雑音に、早く結婚させないというかすかな声を聞き逃しませんでした。何つったって、ここは料亭。普通の居酒屋ではありません。その勘の良い人が経営者ですから。

三月三日。ひな祭りの日の料亭。

お祝いなんてしてもらったことのない晴美ちゃん。

その日は、なんでも○○財閥のかわいい三歳のお嬢様と身内の人たち、そのほか、お金持ちのお嬢様のひな祭りのお食事会が二組あって、菱餅作りのお手伝い。字のきれいな晴美ちゃんはお礼のお手紙をお母さんに教えてもらって書いていました。それから、お母さんは晴美ちゃんが簡単なお人形だけでなく、かわいい着せ替え人形も作れることを知っていました。かわいい着せ替え人形風の小物をお客様のために五組作りました。楽しい仕事だから。着せ替え人形は昨日からウキウキしながら作ったかな、ひまわりちゃんこと晴美ちゃん。

そうそう、こんなことがありました。きれいなひな人形。料亭の廊下に飾ってあります。立派な久月のひな人形。はじめてまじまじと本物を見ました。やっぱりすごいとうなずきながら。それから、菱餅は切ると端っこが出ます。端っこだけど菱餅を初めて食べました。あと、昨日は、試食と称して、いろんなおいしいひな祭り用のご飯を食べました。

お昼には仕事を終えて、料亭のお父さんが作ってくれたお弁当を持って、上野駅から汽車に乗ってお里に帰りました。

汽車は、まさに、ゆっくりゆっくり進みます。まさに、ほぼ、各駅停車。お父さんが作ってくれたお弁当は、それはそれは美しく、素材はシンプルだけど、味もよく上品です。大きな握り飯をほおばるおばちゃんが、グイグイ覗いてきます。「これ、東京のお父さんは料理人なの。おいしそうでしょ。実はわたしもこんなきれいでおいしいお弁当ははじめて食べるの」と言って、食べました。「おいしい、うまい」と思わず口にしてしまった晴美ちゃん。おばさんが、「あ」という口の形をして見ているから。思わず、「どうぞ」と三切れあった卵焼きの一切れとしいたけの煮物をあげました。おばさんは「これはうんまいなあ。ほっぺたがおちでしまったわ」と豪快に笑って、「姉ちゃん、これ。おらがつくったたくわん。しわしわのたくわん。うんめいがら、食ってみろ。いぶりがっこっていう漬物だ」と言ってくれました。晴美ちゃんは「いぶされていて、うんまいのお。うんまい、うんまい」と言いました。おばちゃんは「なんだ、姉ちゃん、お里が近いなあ。おらあ、秋田だ。姉ちゃんは荘内だべ。当たっているべ」と言いました。おばちゃんは高崎あたりで降りました。おばちゃんといろんな話をしたので、退屈しませんでした。

あとは、二人くらい、その向かいのおばちゃんが座っていた席に座ったけど、別に会話することもなく、車窓の景色を見て、持ってきた本を読んだら、福島駅に着きました。今日はここで車中泊。ハンカチを自分の座っているところにおいて、場所をキープ。誰かにとられないようにしました。

駅の改札の近くに立ち食い蕎麦屋さんがありました。晴美ちゃんはかけそばを頼みました。サービスのねぎを入れていると、店主が、みんなに「もうすぐ今日の店を閉めるから。今朝、山に行って採ってきたものだ。ほら、けえ。食ってけろ。山菜の天ぷら、ふきのとうとタラの芽だ。自分で言うのもなんだけど、うんめいぞ。今日はひなまつりだからお客様は幸せね。おれ、普通はこんげにサービスしねがら」と言って、お店にいた四人のお客さんに天ぷらをそばにのせてくれました。それをにこにこしながら、うんうんうなずく優しい店主の妻。夫婦ふたりで、自分のペースで仕事をしている感じ。お客さんの一人が「この前なんか、これ、試作で作ってみたから食ってみろって言って、それもつぶした芋の天ぷらくれたよな。ここの店主さん、気前がいい人だ、きっと」とお礼を言っていました。ご主人と晴美ちゃんは目が合いました。晴美ちゃんは「この天ぷら、おいしい。そばつゆにつけて食べると本当においしい、うんまいですね」と言うと「んだべ、んだたて俺が作ったんだから。なあ、うんまいべ」とにこにこして言いました。そして、店主は「このサービスは不定期で、閉店間際のサービスになっております」と片手をあげてさっと引いて、とにかく芝居がかっているというか、この仕事を楽しんでいる感じ。みんながそれを見て、ますますにこにこ。お客さん同士もにこにこ顔で目を合わせます。おいしいおいしい立ち食い蕎麦でした。これも初体験、ひまわりちゃんこと晴美ちゃん。昨日から今日にかけて、何年分のひな祭りをしたかしら？と思えるくらい、おいしいご飯を食べました。

車中泊。そして朝になりました。

福島は晴れています。空が薄紫。まさに朝焼けです。「ゴットンゴットン、ゴトンゴトン。ゴットンゴットン、ゴトンゴトン」ゆっくり、まさに、ゆっくり、汽車が動き始めました。

汽車は栗子峠を通ります。一旦停止。スイッチバック。再び動き出します。

汽車は栗子峠のトンネルを抜けます。

「トンネルを抜けるとそこは雪国であった」

まさにあの世界。朝日を受けて、雪にキラキラ反射して、まぶしい。

米沢、高畠、赤湯、上山、山形。

山形駅で少し休憩。一回、駅を出て、駅前を少し歩いてみました。

これも、初めて見る景色。きれいな駅舎。バスが来て、たくさんの人が降りてきます。

東京では見慣れた景色なのに、中規模の都会、中規模の駅前の山形駅。とっても新鮮に見えます。この駅は誰が設計したのかなあ。とにかく、色や形やデザイン、造形に興味があります。一年前、東京に行く時は、山形駅はただ通過しただけでした。

山形駅に再び戻り、新庄駅行きの汽車に乗り換えました。新庄駅から、バスに乗り、お里を目指しました。晴美ちゃんのお里は羽黒山よりは湯殿山に近いところ。無事に家に着きました。

病気のはずの両親は元気。あれ、なんだか変。

村の長から電話で、父ちゃんと母ちゃんが具合を悪くしたから、早く帰ってこいと言われて帰ってきたと伝えると、父ちゃんが「あいつだ、やっぱりあいつだ。人の家のことを勝手に世話したつもりになって、引っ掻き回すあいつだ」と強い口調でののしりました。母ちゃんは「広美のことで、わが家は、あいつに頭が上がらない。広美は、わが家の本当に遠い遠い親戚。福岡の小金持ちの家に行った。貧乏でも、東大生になった晴美。広美もこんなお里でも一緒にいたら、どんな感じだったんだべね」と言いました。

村の長のあいつが五日前に家に来た。あいつは「なんでも大きな宿坊の若旦那が晴美のことを好きらしい。晴美が行っていた宿坊ではないらしいが。縁談話だ。口をきいてやっても良いぞ」と言った。すんごい上から見下ろすようにおれを見ていった。おれは晴美が太郎君という人と付き合っていて、その人のことが好きだと知っていたから、おれはあいつに「ご心配いただいてありがとうございます。ただ、娘は好きな人がいて、ちゃんとお付き合いしています。どうか、この件はなかったことにしてください」ときっぱりと断ったんだぞ。

晴美ちゃんは悟りました。なんか嫌な空気を感じる。帰ってこないで、一年くらいしたら、たぶん、何もなかった話。晴美ちゃんがお里に戻ったことはすぐに村の長のところに聞こえてしまいました。


三月五日。村の長が家に来ました。

父ちゃんに言ったことと同じことを晴美ちゃんに言っています。

晴美ちゃんは、「村の長さん、私、高橋太郎さんという人と真剣に交際しています。この前は、その人の家まで行って、お母さんと仲良しになりました。もう、結婚目前です」とはったりをかましました。お母さんと仲良しまではいいけど、まだ、結婚目前まではいっていない。そして、村の長が「そいつは何をしている者だ?」と聞くから、晴美ちゃん、根はやはり正直者。「同じ大学の大学生です」と言うと、村の長は「よっぽどの金持ちか」と聞き返しました。晴美ちゃんは「まあまあお金持ちです」と切り返しました。だって、空き家でもあのお家を見たら、金持ちに決まっています。嘘ではありません。

三月十日。東京大空襲の日。

ぼくの母ちゃん。ぼくのあの家。空襲で燃えてなくなってしまった。

あんな大きな空襲。すごい広さ。母ちゃんは必死に逃げたけど、死んでしまった。

あの家は、あの家は、思い出も一緒に燃えてしまった。思い出はぼくの心の中に残るのみ。

料亭は無事だった。そこは本当に良かった。


三月十五日。あのお里にも東京大空襲の話が伝わりました。

晴美ちゃんのお里、電話のある家が三件あります。新聞を取っている家は数件。ラジオを聴く家の数は新聞より少し多いくらい。

晴美ちゃんの幼馴染二人が心配して会いに来てくれました。幼馴染で同級生のけいこちゃんは「晴美よ、東京は大空襲になったらしいよ。逃げてきていて良かったなあ。ただし、お前の縁談、お前と父ちゃんが断ったのに、進んでいるみたいな話を昨日聞いたから、心配で会いに来た、本当だ」と言いました。今日はたまたま仕事が休みだったらしい。

もうひとり、一つ下の幼馴染のよしこちゃんは「んだ。おらもおんなじこと聞いた。相手の若旦那は晴美ちゃんが宿坊でアルバイトしている時から目をつけていた。歳は三十二歳。

やんだべ、そんげな年寄り。おらやんだ。好きでもないうえに、一方的。おらやんだ。晴美晴美ちゃんはうちらの星だ。一生懸命頑張って、東大生になったんだべ、晴美ちゃん。おなごだて、がんばればできることをみんなに示すお手本になるような、自慢の幼馴染だ。おらやんだ、あんげな遊び人の若旦那と」と言いました。

晴美ちゃんは、その縁談は断ったから、もう終わった話だと思っていました。背筋がゾクゾクッと寒気がしてきて、急に頭が痛くなってきました。

晴美ちゃんは「この前、ちゃんと断ったよ。好きで付き合っている人がいるって」と苦虫を噛んだような顔で言いました。

けいこちゃんは「なんでもよ、あの若旦那、遊び人、結構有名らしい。そんなこんなで三十二歳まで独身。まわりの人たちは、四、五年前から早く身を固めてもらおうと縁談話を持って行ったけど、理想が高いというか、お金を少し持っているからその金にくっついてくる女たちなのに、自分がもてると思って勘違いしているという人も結構いる。ただし、めずらしく、今回は若旦那が本気なのと、周りは早く身を固めさせたいという一心で、晴美よ、あの村の長まで噛んできた。晴美、今すぐ、東京さ逃げろ。今逃げないと、逃げられなくなるよ」と忠告してくれました。

よしこちゃんも「おらもおんなじこと思った。晴美ちゃん、今すぐ、逃げろ。東京さ帰れ。晴美ちゃんよ、東大と日本女子大に受かった時、おらたちに言ったべ。男と同じように働きたい。んだから、東大にするって言ったべ。まだ、言ってから、一年しか経ってないぞ。東京、空襲ある、おっかない場所。だけど、そこに好きな人がいるんだべ」と言ってくれました。

自分のこと以上に真剣に考えてくれる、ありがたい幼馴染。晴美ちゃんにとっては、この幼馴染は本当に自分を考えてくれる大親友。

それから、しばらく、また話しました。

晴美ちゃんは「東京に大好きな人、いる、いる、いる。大好きな付き合っている太郎君は、学徒動員で、今、特攻隊の練習で茨城県の霞ケ浦にいる。東京には、太郎君の母ちゃん、いる。料亭のお母さん、いる。料亭のお父さん、いる」と二人に伝えた。けいこちゃんは「太郎君は、あの特攻隊なの？　なんで、将来の国の大切な人なのに、特攻隊なの？　えっ、そんなのおかしいよ」と涙ぐみました。

よしこちゃんは「太郎君の母ちゃんや料亭のお母さんやお父さんもいるんだべ。東京さ行って、みんなで太郎君が帰ってくるのを待っているしかないんでないの」と、悩んでいる晴美ちゃんの背中を押してくれました。

幼馴染二人が帰った後、一番口が固くて、かつ、村の長と付き合いのない家の電話を借りて、料亭に電話しました。ふたりは無事でした。ただし、太郎君の昔の家と今の家は空襲で焼けてしまったらしく、お母さんはたぶん生きていると思うけど、としか教えてくれませんでした。

電話の主にお礼を言って、外に出ました。

その日の夜。三人でいつもの質素な夕ご飯を食べました。五分突きのご飯。玄米より少し甘い、五分突きのご飯。野菜のお浸し。ふきのとうの味噌煮。近所の人からもらった油揚げが少しありました。両親は、これでも、晴美が東京から仕送りをしてくれるから、ご飯は毎日食べられるようになったし、父ちゃんと母ちゃんは子どもの幸せが一番だ。大丈夫だから、東京に帰れと言ってくれました。

次の日、晴美ちゃんは、一人、湯殿山に行きました。

小さい時から、どうしようもないことで悩んでしまうと、行って心の整理をする場所、それが湯殿山でした。

山の中腹の石段のところ。羽黒山と比べると階段を上り下りする人は少なく、ゆったりとその空間に身を委ねて、深呼吸します。まずは、三回。つぎに三回。

天を仰ぐ。空は晴れていたり、曇っていたりしたけれど。今度は両手をそっと胸に当て、自分の呼吸の音に耳をあてて、聞いてみる。すると自然に自分から「生きている、生きている。大丈夫、大丈夫」と声が出てきました。そして、そこで約一時間。何も考えないでゆっくり呼吸をするのみ。そうして、心を落ち着けていつものように家に帰りました。


家に帰って、東京に帰ると心を決め、荷物の整理をしていました。


晴美ちゃんの心の声。

太郎君、一番大好きな人。

太郎君の母ちゃん、とっても気の合う、太郎君と同じくらい大好きな人。それから、もし、太郎君になにかあったら、本当にひとりぼっちになってしまう人。

だから、そばに行かなくちゃ。

料亭のお母さんとお父さん、生きていてくれました。神様、ありがとう。

太郎君。「神風特攻隊」。「神風」なんか、吹くわけがない。

生存者は、ごくわずか。でも、彼は、絶対に生きて帰る。生きて帰らせてみせる。私の強い信念とこの神通力、強い力で。

そう手を合わせて祈った。


その時、玄関に家の修繕費として毎月の支払いをもらいに業者さん二人が来ました。

晴美ちゃんの家はまさにあばら家。それでも、ご近所さんと三軒合同で家を修繕しました。

なんとなく、去年より隙間風がへり、雨もりもへったなあと感じたのは本当だったのです。

晴美ちゃんは、東京から仕送りをしましたが、それだけでは足りません。三軒は相談して、村の長から金を借りました。村の長は、金貸しもするくらい、お金は持っていましたが、村人から金利をとったことは一度もありません。

だから、村の人は、面倒くさいなあ、とか、ごり押ししやがって、と思うことは多々ありましたが、「村の長、村の長」と呼んでいたのです。

晴美ちゃんは「集金のお金はいくらですか?」と聞きました。両親は留守。

金額はちょうど、お里と東京の往復運賃分。料亭のお母さんからもらった封筒、一つは母ちゃんにあげた。もう一つは自分の往復の汽車賃。大事に懐に持っていた。けれども、業者の一人が今日この金をもらわないと資金繰りに困って、子どもたちも泣かせてしまうと言われてしまったものだから、貴重な汽車賃一回分を支払いに渡してしまいました。

でも、心を切り替えて、「明日、帰る。汽車賃の東京行きの分はある。だから、大丈夫」と、そのきれいなポチ袋を握りしめて、そっと、懐にしまったのです。晴美ちゃんは着物を着ていません。洋服です。ただし、小さい頃からの習慣で、自分用の腹巻に小さなポケットを作り、大事なものをしまう習慣がありました。


三月十七日。

三人で朝ごはんを食べて、仕事に行く両親を見送りました。最近、父ちゃんも少し元気になって、いろいろ働けるようになりました。晴美ちゃんが東大に入って、両親は自信がついたというか、娘に負けないようにやる気が出てきたというか、細々ながらがんばってきていたのです。

玄関を閉めて、大きな荷物一つを持って東京に帰ろうとした途端、晴美ちゃんは拉致されました。遊び人の若旦那が頼んだやくざたちに。

幼馴染の言った通り、二日前に逃げればよかった。遅かった。愚かだった。

狭い部屋に閉じ込められました。となりの部屋でやくざの親分らしき人が、「大切な売り物、商品だから、指一本触れてはいけない。押し倒したりなんかしてはだめだぞ。大事な商品だからな」と若いチンピラたちに言っているのが聞こえました。


晴美ちゃんの心の声。

あいつか、私を拉致したのは、遊び人の若旦那。

落ち着け、落ち着け。東京への汽車賃はある。難しいかもしれないけれど、隙を見て逃げるしかない。寝たふりをして、やくざたちの会話に耳を傾けた。幸いなことに、レイプされることはないようだ。そこは本当に救いだなあ。

悪い意味で、若旦那はかなり本気だな。

三月十八日。

若旦那が晴美ちゃんを見に来た。やくざの親分にこの女で間違いない、あと二週間くらいここにこうしておいてくれ、とテーブルにお金を置いた音が聞こえました。

やくざの親分は、「今回の誘拐はとてもちょろかったうえに、すんごい高額。あの若旦那、今回二回目の注文。良いお客だぜ。お前ら、この金で少しなんか食ってこい。駅前あたりで」とお札を二、三枚ずつ手渡ししている気配を感じました。


晴美ちゃんの心の声。

気になるせりふ。あの若旦那、今回で二回目の注文？　私が二回目のお客さん？

一回目の人はどうなったのだろう？　その前に、誘拐、拉致された？　私は被害者のうえに人身売買されたってこと？　えっ？

落ち着け、落ち着け。湯殿山の心の声。生きている、生きている。

大丈夫、大丈夫。だよな。すぐには殺されない。でも、あの若旦那はなんだかんだ言って、絶対に私を花嫁にする。おとなしくしないと、行方不明者、殺された人になるかもしれない。

とりあえず、ここではレイプはされない。おとなしくご飯を食べて生き延びる。そして、できるかどうかわからないけれども、逃げる。とにかく、逃げる。けいこちゃんとよしこちゃんの言ったことは本当だったなあ。三日前に、さっさと東京に逃げればよかった。ああ、後悔、後悔。ああ、後悔、後悔。


三月二十日。

晴美ちゃんの父ちゃんと母ちゃんは東京の料亭に電話しました。娘がお世話になっているうえに、自分たちにも「お心遣い」をくださった二人に、素直に感謝を言いたくて。

そこで発覚。晴美ちゃんは東京に行っていない。これには村の長も真っ青。顔面蒼白である。彼の厚かましい親切。金貸しはしても、村人からは金利を一切取っていない。


村の長の心の声。

村の長として自分なりの価値観はあった。女子でも東大生。将来は女性でも社会で大活躍する晴美ちゃん。それも、良いと思った。

ただし、そんな人は前例がない。今はなおさらのこと。宿坊の奥様、悪くないと思った。

お里も近い。両親にも孫を連れて気軽に会いに来られる。まあ、悪くない。

女性の学歴が東大卒になってしまうと東大卒の相手しか旦那はいない。宿坊の若旦那、なかなかのアイデアマンであの宿坊は将来、もっと大きくなるだろうという人もいた。だから、あんなにごり押ししたのに。たぶん、おれの悪い癖。良かれと思って、本人には意思の確認をして、いやだと言ったのに、さっさと東京に逃がしてあげないから、こんなふうになってしまった。申し訳ない、晴美ちゃん、あのご両親。本当に、申し訳ない。

村に入る人からは江戸時代みたいに通行手形を作りたいくらいだ。


村の長は強引でひまわりちゃん家族とは妹のさくらんぼちゃんのことでわだかまりがあるのだろう。あまり、良い人ではない気がしていた。しかし、村の長は村人にはお金をすぐに貸してくれるし、金利は決して取らない。村の長も自覚していた。自分の短所。良かれと思って自分の価値観をごり押しすることを。社会で活躍する新しい女性を「前例がない」とか、「お里も近くて、孫を連れて」とかの彼の価値観を押し付けた。結局、晴美ちゃんにしかできない新しい女性、その新しい芽をつんでしまった。

これは、八十年も前の話なのに、なんだか身近にある気がする。そこそこ大きな会社。優秀な女性社員と男性社員がいたら、女性は子どもを産むから、残業できないし、前例がないから管理職にはなれない。つまり、これは潜在意識の中にある男の意識だよね。いつまでたっても女性が活躍できない日本の社会、風土。今でも変わっていない気がする。

そして、最悪なのは、喜んだのが若旦那と若旦那の誘拐費用をせしめたやくざだけということ。村の人にはまさに一銭のお金も入っていない。今風に言うと、一円もお金が入っていない。

三月二十一日。

村の長は、「晴美ちゃんがいなくなった。どこにいるかわからない」と若旦那に聞きに行きました。思ったより早く気が付かれてしまった若旦那は、上手にうそをついて、晴美ちゃんを表に出す必要が出てきました。

晴美ちゃんと若旦那は話をしました。若旦那はとりあえず、お嫁さんになってくれたら、村の誰にも危害は及ぼさないと言いました。それから、家族の者と名乗って、勝手に、晴美ちゃんの一年間の休学手続きを電話でしたと伝えました。なにせ、戦時中。命ぎりぎりの学生さんたち。電話による休学手続きも容易にできたのです。

そして、出た結論。東京に行く途中で、貧血で倒れてしまった晴美ちゃん。親切な人に助けられて、途中の病院、米沢あたりの病院にいて、見つかったというものでした。

若旦那は、村の長や両親に連絡しました。私の愛情の深さが彼女を探し出したというようなアドリブも入れて。


三月二十五日。

再び、お里に帰ってきた晴美ちゃん。明らかに今までとは違います。表情が暗い。何を聞いても返事がおかしい。それは、両親も気が付きます。もしかしたら、晴美ちゃんが犠牲になって、結婚するのだということを。だけど、何度聞いても、マリッジブルーじゃないかなあ、と言ってはぐらかす晴美ちゃん。村民の命を守る、やくざが村のみんなに嫌な思いをさせない、関わらせないということを条件の偽装結婚だとは言えません。そして、しばらく家にいる、と言いました。

村の長に心配していただいてありがとうと言い、電話を借りました。料亭のお母さんとお父さんにも、心配してくれてありがとう、私は、元気です。もう、しばらく、一年くらいは東京に行けないかもしれないと伝えました。うそをつくのは大嫌い、できないはずだった晴美ちゃんが、大きなうそをつきました。

三月二十八日。

若旦那と晴美ちゃんの結婚の日時が決まりました。五月十日。新緑で羽黒山がきれいな季節。場所は、若旦那の宿坊です。

はじめ、仲人を羽黒山の本因坊様にお願いしたそうです。本因坊様が既婚者なのか、独身なのかはわかりません。世間一般には、夫婦で仲人はするものだから。本因坊様は「ぼくはそういうものは嫌いです。だからできません。やりません」という返事でした。そして、となりの宿坊、どちらも、とても大きい宿坊。となりの宿坊の旦那様夫婦が仲人になりました。今度は、急に、宿坊同士、連帯感を高めてがんばろうという雰囲気になり、「宿坊で見つけた恋が成就した」などのキャッチフレーズができるほど、大盛り上がりしていました。

ほとんどがお見合い結婚の時代。

これは著者の両親の話ですが。母と祖母のお里は一緒です。だから、お見合い話があっただけ、何となく相手のことは知っていたけれど、正確には、「結婚式で初めて会いました結婚」でした。

祖母のお里が母と一緒。おまけに、祖母の父、私のひいおじいちゃんは、有名な寺「瑞龍院」の世話役をしていました。当時の話では、「瑞龍院は天皇の勅願所」。いつも、三百人以上のお坊さんがいたそうです。父は、そこで、家の口減らしのために、小僧として曹洞宗の修行をしたそうです。寺の境内や広場で近所の子どもたちと日中は遊んだ父。子どもの頃の両親は一緒に遊ぶ幼馴染みでした。

同級生の両親もお見合い結婚がほとんどです。近所には、結婚の世話好きおばさん、世話好き仲人夫婦が結構いたそうです。昭和三十年代の話です。

晴美ちゃんの結婚は、昭和二十年。第二次世界大戦の終戦の年。だから、結婚は、もっともっと本人の知らない間に決まっている人もいた気がします。そういうカップルもたくさんいた気がします。

ぼくは、茨城県の霞ケ浦から鹿児島県の知覧に移動の命令を受けました。さすがに、鍛錬所で三月十日の東京大空襲は話題に上らない日がないほどです。

霞ケ浦から東京。健康な青年男性が自転車に乗れば、すぐに行って確かめれば済む話。しかし、そこは、大日本帝国の軍隊。そんなことは決して許されません。休みすらなく、訓練、特訓の日々です。本当に、あの粗食でがんばるよなあ、当時の日本人。「日の丸弁当」。ごはんがあるだけましの時代。

ぼくは、飛行機の機能、簡単な整備、十時間の飛行訓練をしました。たった約二カ月。いかに、日本は国としてあせっていたか。そんな短期間に、ありえない。けれども、当時は「それがありうる。そうすることが当たり前」でした。

五月十日。

晴美ちゃんの結婚式。

宿坊中がお祭り騒ぎ。実家のお里の人たちもたくさん呼ばれました。ごちそうを目にして、晴美ちゃんは世間一般で言う「玉の輿」にのったのだと感じました。みんなから、「晴美ちゃん、おめでとう」と言われ、首をたてにふるだけ。初々しい花嫁です。なんつったって、晴美ちゃんは十八歳。なにをしても美しい。まぶしいばかりの花嫁です。

純粋な人が多い田舎。「宿坊で生まれた恋が成就。十四歳の年の差結婚。若旦那、長いこと待っていて良かったねえ。こんなに若くて美人。しかも東大生。学業よりもこの人が好きですか。うらやましいなあ。おれも、誰かいねべか、好きだって言ってくれる優しい女の人」どこの宿坊のみんなも、我がことのようにふたりの結婚を祝福しました。

かなしい気持ちだったのは、晴美ちゃんと両親と幼馴染だけ。若旦那にしてはやくざを使って金で買った結婚。みんなが、お似合い、素敵と美辞麗句を並べれば並べるほど、若旦那は上機嫌。

山形の田舎では当時「むかさり（花嫁）見せ」なるものが、地域地域でありました。宿坊は結構景気が良かったので、一回に呼べるお客も限られているため、二週間から一カ月間していたそうです。それを若旦那は三カ月もやったのです。週一、二回の結婚式の宴会。最初は身内だけで一カ月。これが大きな宿坊ならば普通。普通はこれで終わり。仲人様もここまでは付き合ったけど、これ以上は自分の宿坊の経営もあるから、なしです。これも普通。

六月十二日。

残りの二カ月は、いわゆるアイデアマンと言われる若旦那の営業結婚式。なぜ、若旦那は晴美ちゃんを嫁にしたのか？　そう、晴美ちゃんは、一番見栄えが良くて、賢くて、頭の良い子を産むだろう。そう、晴美ちゃんのことは、恋愛関係なしの条件のみ。自分に一番ふさわしい最高級品。やくざを使って、金で買った自分にふさわしい最高級品としか見ていません。

仙台市役所の人たち。こんなに盛大でなくてもいいけど。身内の何人か呼んで泊まって、語り合う。宿坊の結婚式を見学に来ました。今回は、こぢんまりとしたお膳のある結婚式。その営業です。

田舎の風習で、結婚式、葬式は自宅で、料理屋から料理を運んでもらって、広い座敷に並べて宴会をするのがほとんどです。世の中、便利な方に流れて、しかも、それが定着します。仙台市、東北の都。いわゆる都会。住宅事情もだんだん狭くなる。でも、なんとか昔ながらの結婚式がしたい。また、すぐそばには羽黒山。観光もして、清らかな気持ちになって、予算によってはこぢんまりから盛大な昔風の結婚式が宿坊でできます。それから、日本人の八十五パーセントは宗派を気にしない檀家宗教、仏教徒。憎たらしいやつですが、金儲けの発想はすごい。

今でもたくさんいるでしょう。ハワイの結婚式。家族で行って、リゾート気分を味わって、教会でするこぢんまりとした結婚式。結構、人気があると思います。あの日本版。

だから、若旦那は頭が良いのです。どこかの私立大学を出たような感じの人。仕事はできるし、流行に敏感。ただ、許せないのは、女性を性の対象とか、子どもを産む道具としか見ていないこと。そして、女性の心と体をずたずたにしても平気な発想と行動力が許せない。

晴美ちゃん、理屈がわかればわかるほど頭にきます。でも、両親や幼馴染の村人以外に愚痴ってもいけない。かなしい、かなしい。ひまわりの花がしおれそうです。

それから、その宿坊には常時、七、八名の仲居さんが住み込みで働いています。そのうちの一人が若旦那のスパイというか、愛人というか、女です。二十三歳。若旦那の子を二年前に身ごもったのに、中絶しました。中絶はしたくなかったみたいですが、産むことを若旦那に反対されてそれを決断して実行しました。確かに、子育てはお金と時間もかかるから大変。生活が苦しくて、仲居の仕事はやめたくない、苦渋の決断だったようです。ウオンウオン泣いている彼女の顔が見えます。それでも、あんな若旦那に未練たらたらです。

晴美ちゃんは、花嫁衣裳を何度もお着替えするうちに、料亭のお母さんからもらった大切な封筒をその仲居に盗まれてしまったのです。もう、手元にお金はありません。

その仲居は、晴美ちゃんがうらやましかった。

実家の貧乏程度は同じくらい。しかし、若旦那の晴美ちゃんへの執着度はすごかった。あの女は東大生。自分は尋常小学校卒。おまけに、私より五歳も年下。顔は普通、地域の顔。化粧映えのする顔。私も美人と言われている。そこは、負けていない。でも、ほかは全部負けている。おまけにあの女は妊娠したら、いけしゃあしゃあと産むはずだ、若旦那の子を。私も産みたかったなあ、若旦那の子を。悪意の目でしか、晴美ちゃんを見ていない。まさに敵です。

晴美ちゃんの大事な封筒を、あの仲居は若旦那に渡しました。中には優しい料亭のお母さんからの手紙が入っていました。「ちゃんと食べていますか。風邪はひいていませんか。お里で少しでも嫌なことがあったら、東京のお母さんのところに逃げておいで。待っているよ、晴美ちゃん」と優しいきれいな字で書いてあった。お手紙と汽車賃を見て、激怒する若旦那。だからか、こんな人がいるから、一回も誘ったのに、今日は夜の営みはしたくないと拒否してきた、あいつ。何様のつもりだ。

強欲で女遊びの好きなばか旦那。何人かの人が晴美ちゃんの幼馴染に教えてくれたばか旦那だったのです。お金はあの仲居がとりました。手紙は、ばか旦那がライターで燃やしました。

残酷な相手の嫁になった晴美ちゃんです。

七月二十八日。

ぼくは、知覧で飛行訓練を続けています。

小さい頃から、おじいちゃんの大好きなフォルクスワーゲン。エンジン音だけで車の調子がわかったぼく。好きこそものの上手なれ。エンジン音だけで、十基の飛行機の識別ができるほど。そこは、霞ケ浦でもほめられて、知覧でもほめられました。

ぼくの飛行機に乗る日が決まりました。八月一日です。

この日から、飛行機に乗る人は特別待遇です。夕ご飯が超豪華になります。豚の角煮、大きな魚の中華風あんかけ、フルーツ、おにぎり、卵料理。とにかく超豪華。これには、意味があります。わかりますね。ぼくたちが乗るのは、飛行機型の人間破壊装置。通称、神風特攻隊。燃料は片道のみ。つまり、飛行機に乗って死にに行きなさい、ということ。最後の三日間だけ、ご褒美の豪華な夕ご飯です。最後の晩餐、三日間。食べる食堂は別でした。

三日間は日本酒も飲めます。ひとり五合まで。少しずつ、心を整えて死にに行くのです。その三日間は訓練もなしです。自由に、図書室で本を読んだり、知覧の町の食堂でお昼を食べたりします。知覧の人たちもわかっていました。

「あの建物から外に出てくる人。それはまもなく飛行機に乗る人です」


七月二十九日、七月三十日。

晴美ちゃんにとっては拷問。まさに、ばか旦那からの拷問の二日間でした。

晴美ちゃんは目をつぶって耐えるだけ。

それから、二回。つまり、一日に三回レイプされました。次の日も同様です。


七月三十一日。

晴美ちゃんは生理になりました。頭を使って、あのばか旦那の拷問から逃げないと、と必死に考えました。上手にあのばか旦那をおだてて、とにかく夜の営みは逃げないと、と冷静に考えました。

そうだ、わざとらしいけど、お芝居をしよう。生き延びるためです。大嫌いな人だけど、少し好きになりかけたような芝居。やりたくない。できるかどうかわからないけど。うそは嫌いだけど、もう、これ以上、プライドは汚されたくない。

晴美ちゃんの方から、「ねえ、ねえ、ねえ。今日から一週間、晴美ちゃんは、エッチはお休みします。ねえ、いいでしょう。ねえ、若旦那～」と甘ったるい声を出して、体をくねくねさせて、右手の人差し指を、ばか旦那の乳首にあてて。必死のぶりっ子演技。

信じられないほど、効果はてきめんでした。ばか旦那はニコニコ上機嫌。そして、あの仲居を呼びつけて「今日から二日間、お前と銀山温泉に行くぞ。いっぱい気持ちいいのしような。うまいもの食って、いっぱい気持ちいいことしよう。おれは強いから、夜は特に強いから」と言うばか旦那。あの仲居も「うん、いっぱいいっぱいあれをするのね」と言い、ばか旦那も「おれもだ」と言って、本当に外泊しました。

こんな時、あの封筒があれば、逃げられたのに。もう手元にお金がない。なんとか、この一週間のうちに、逃げる方法を考えなくちゃ。本当に晴美ちゃんは必死です。


七月三十一日。

ぼくは、知覧の飛行場にいます。

大体、毎日、二人から三人、飛行機に乗ります。

冷静に考えると、毎日、三人、三機飛行機がなくなってしまう。その都度、また新しい人材、飛行機を作らなければいけない。とっても非効率。

せめて、往復の燃料があったならば、戻ってくれば、人も飛行機も無事なのに、なんで……。

そんな当たり前のことがわかんないのかなあ、みんな。あの別室の最後の晩餐の会話。これから、心を整える時にみんなが口にした言葉は往復の燃料が欲しいことと、大好きな両親、家族、恋人へ愛しているとどうしたら伝えられるかです。泣きながら話していました。メンバーは当然、毎日変わります。でも、話の内容は、ほぼほぼ一緒でした。

八月一日。

ぼくにとっては最後の朝食です。

ぼくは十八歳。大学生活を一年間やったから、ひまわりみたいな晴美ちゃんとのすてきな思い出もできました。

母ちゃんはひとり。晴美ちゃんと母ちゃんが心配だな。

自分の乗る飛行機の前に来ました。

体には、大きな朝日の日の丸の旗を体に巻き付けて。その旗は、寄せ書きにもなっていました。二月二十八日の見送りの前に、みんなが書いてくれた寄せ書きです。みんなの思い、祈りを体に身に着けて、これから一緒に飛ぶのです。


今日は三機飛びます。ぼくの順番は二番目です。

行先は、ガダルカナル方面。敵を見つけたら、任務実行です。

ぼくは「風速三～五メートル。北東の風。午前九時三十分。エンジン音良好。いざ、出陣」と指差し確認をして、コックピットに入りました。

飛行機が動き始めました。

「離陸準備完了。フライ、ハイ」

飛行機が飛び立ちました。

「本日は快晴なり。本日は快晴なり。今日は練習ではなくて、本番。突撃あるのみ。

どれぐらい飛んだだろうか。何分くらいだろう。時計を見る。この飛行機は、たまにしか乗らなかった飛行機。エンジン音は悪くない。いろんな数値を表す計器は、ほぼ付いていない。丁寧に付けていたら、お金もかかるし、出撃頻度に影響するから。これが限度なのだろう」

ぼくの心の声。

今年のお正月。竹やりを天に突き付けて、B29を撃ち落とすぞ、と東京のど真ん中で、みんなが叫んでいた。元気のいい中学生の男子が、「こんなの無理だよ。ばかげている。飛行機と竹やりなんて。飛行機が模型、おもちゃならわかるけど。対等であるわけがない」と言ったら、それを見張っていた憲兵さんに「おい、お前、名を名乗れ。中学生だな。どこの中学だ。何年何組だ。担任の先生は誰だ。指導が甘いから、こんな屁理屈を言っている。天皇陛下の名のもとに始まった戦争。負けるわけがない。名を名乗れ！」と威嚇した。その中学生の母親が出てきて「憲兵さんのおっしゃる通り。私、母親の教育不足です。今日は私が一緒に謝ります。ほら、お前、頭を下げろ。憲兵さんに頭を下げろ。いいから、早く」と顎と左手で無理やり頭を下げさせていた。

笑ってはいけないけれど、あの中学生はこのおれで、あの母親はまちがいなくおれの母ちゃん。笑いをこらえるのに必死だったけど、笑い声に反応して、あの憲兵に「おい、お前、笑うなんて不謹慎だぞ」とからまれたくないから、こらえたけど。あの子は雰囲気からして中学校の一、二年生。つまり、十二、十三歳。学校の試験は理論的だから、本物のB29とおもちゃのB29の違いがわかる方がいいし、やっぱり、あの憲兵より、あの中学生の方が賢いよな。

当たり前のことが、当たり前の価値観が、無茶苦茶捻じ曲げられて、今、この飛行機に乗っている。あの中学生は十二歳。ぼくは、今、十八歳。お正月の時は十七歳。五歳年上の大人になったから、あの場では黙っていた。十八歳になったぼく。死にたくありません。だって、大好きな母ちゃんと晴美ちゃんがいるんだもの、死にたいわけがない。だけど、今、まさにこのコックピットでハンドルを握っている。南方の海の上。空の中。いつ、何時、見つかって撃たれたら、即死亡。その前に、即、爆発だ。

おじいちゃんは、本当に偉い人だったなあ。戦争はダメです。ただの人殺し。大量破壊、大量殺人のほか、何ものでもない。あの日、国会の討論会で、戦争が始まってすぐだったけど、自分の主張。それは誰が見ても、みんな同じことを思っていたはず。ちゃんとみんなの代表として発言していた。その後に銃弾に倒れたけれど。

お父さん。お父さんが首を吊ってまで守ってくれたこの命。大日本帝国の闇の思想、昼間でも真っ暗な空の思想に巻き込まれて、今、この時に死んだならば十八歳。つまり、あれから、たった四年しか寿命を延ばすことができませんでした。ごめんなさい。でもね、お父さんが命がけでぼくの寿命を延ばしてくれたから。忘れちゃいけない。そうそう、せっちゃんとみいちゃんがぼくを抑えてくれたから、ぼくの寿命は延びました。

東京ではお父さんが教えてくれたキャッチボール。地元の中学で、よしお君とけんた君と一緒に部活動は野球をしたよ。そして、お父さんが死んだ後、酒田でも野球をやっていた。太郎君という別の友だちもいたな。太郎って名前の子、どこにでもいるみたいだね。

それから、お父さん。晴美ちゃんという、顔は母ちゃんによく似ている、優しいがんばりやさんの彼女。いや、恋人だ。ちゃんと自由恋愛もしたよ。お父さん、ありがとうね。ぼくは青春の楽しみを少し味わうことができた。もっと、もっと、生きたいよ、ぼく。もっともっと、生きたいよ。母ちゃんをひとりにしたくない。晴美ちゃんと結婚して、子どもも三人くらいほしいな、ぼく。だから、ここで、死んでいる場合じゃないんだよ。

この家族の夢。晴美ちゃんと酒田の日和山公園で手をつないで桜の花を見た時に、強く、思った夢。お父さんも母ちゃんと日和山公園で桜の花を見ながら、デートしたことがあるでしょ。母ちゃんの作ったおいなりさん。お父さんは、「少し甘じょっぱ過ぎて、味が濃い」って思わず言ったでしょ。母ちゃんは、「やっぱりそう、自分もそう思ったの。はじめて、おいなりさんを自分で作ったから、気合が入りすぎて」と答えたでしょ。作り方を見ていた酒田のおばあちゃんに、「ちょっと砂糖と塩、醬油まで、全部多い気がする」とまで言われたけど、「がんばって作ったから、やっぱり、食べてほしくてもってきちゃった。まずかったら、正直に言ってね」と言ったら、お父さんは「かわいいね、君。ますます大好きになっちゃうよ」って言ったのよ。「お父さんて、素直でしょ」て息子にのろけてくるんだから。お父さんの奥さん、ぼくの母ちゃんだけど。

「カタカタガタガタ、キュールルフィー」

お父さん、ぼく、まさに、エマージェンシー。緊急事態発生。

エンジン音とプロペラ、いや、エンジン音と尾翼に亀裂があるのかなあ。

第六章　奇跡の生還

八月二日。
まぶしい、まぶしい。顔がヒリヒリする。ここはどこだ。ぼくは生きているのか？
ぼくは、飛行機に乗っていた。あそこに見えるのは、ぼくの乗った飛行機。
ぼくは助かった。お父さんとおじいちゃんが守ってくれたんだ。

ぼくがいるのは南の島。何て言う名前の島だろう。白い砂浜。海の中にはきれいなサンゴ礁が見える。もう少し、沖に出るとサメもいる。ここはどこだろう。陸地だったら、きれいなお花畑があるところ。海と陸地の境目の場所。そうね。ここも海にサンゴ礁のお花畑がある。まさに天国。ぼくは生きている。まさに天国みたいな場所に、機体ごと、不時着をした。
そして、あの飛行機から、ぼくを波のかからない木陰まで、三人の島民が運んでくれた。ぼくは気絶していたからわからなかった。なんとか無事に不時着したぼく。あのままほっとかれたならば、低体温で死んでしまったかもしれない。もしくは、突然、大波が来たら、波に乗って、海に出てフカ、サメに食われていただろう。ここはフカヒレの産地だな。ぼくを助けた島民の一人は、左手にサメにかまれたような傷がある。傷程度でよかったねと本当に同情してしまう。

木陰も日の傾きによっては日向になる。まさに、午後二時くらい。ぼくの寝ていた木陰。その木陰に、気が付けば、まるまる一日寝ていました、ということですね。


ぼくが乗っていた飛行機は零戦です。

あの有名な零戦。特攻隊の飛行機。特攻隊の代名詞。零戦型飛行機はまさに軽量なのです。ほとんどの材料が木。だから、軽い。燃料が少しでも遠くまで飛ぶのです。

その代わり、ほんのちょっとの衝撃にも弱い、ひ弱な飛行機です。

ほんのちょっとの衝撃にも弱いから、最初から、目的は人が中に入る飛行機型爆弾装置。計器は最低限必要です。時計はいるよね？　と思うけど付いてない。燃料計も片道だけだからいらないのか？　ただ、飛べばいいだけ。ぼくが乗った飛行機は終戦記念日から何日前ですか？　という飛行機だからかもしれません。計器もなくまっすぐにきれいに飛んでいるのは、まさに神業。アクロバット飛行です。神業、神風、神がかっている。おまけに、戦争の初めの頃。アメリカがびっくりするような性能でした。しかし、それから、あまり進歩していない。進歩していないどころか退化している。基本は変わらないけれど、あらゆる面をそぎ落とし、とにかく飛べばいい、身軽ですばしっこい。これが求められた飛行機の条件。零戦はそういう飛行機です。

その点、アメリカの飛行機はB29です。B29はちゃんと往復の燃料を入れてくれる。計器もどんどん進化して、機体もどんどん頑丈になっている。B29に乗ったパイロットはちゃんと生きて帰って来ます。それがアメリカの常識。あの憲兵さんに怒られていた日本の中学生のように。竹やりの相手はおもちゃのB29。その大きさは全長七十センチ、動かないもの。アメリカは、それがまっすぐ言える社会だから。B29は普通に進化をして性能も向上し、パイロットの人はほとんど死にません。

あの日のぼく。乗った飛行機は終戦近い日の零戦です。

あの日は晴れていました。風も穏やか。時々、薄い雲の中を飛行。飛ぶにはとても良い環境。敵のアメリカ軍も近くにいない。

エンジン音の異常に気が付いたぼく。もうひとつの異常は飛行機の羽根。急いで作った飛行機だからかなあ。接続部分ではない、羽根の形がほんのちょっとだけレベルの悪い羽根。小さな穴も空いていた。肉眼で見落としてしまったみたい。

飛行機は、突然、変に傾いてカタカタガタガタ震えだした。ちょうどいい塩梅に燃料切れ。六回転くらいした。ものすごいG。負荷がかかった。ぼくは気絶した。これがかえって良かったのかも？　パニックになって、変に操縦桿を引っ張って、右や左に動かさなかった。そして、そよ風、神風が吹いたのです。機体の回転が止まった。ゆっくりとあの砂浜に不時着したのです。

まさに奇跡です。たくさんの偶然、たくさんの人の思いと祈りが通じて、ぼくは助かったのです。

神風特攻隊とは言うものの、神風はいつの時代の話ですか。

実際には、神風はほとんど吹かないので、空中で四割、敵の飛行機と接触したり、撃ち落とされたりして爆発。二割は整備不良かなんかで、空中で勝手に回転して海に落ちる。サメに食われて死亡。四割は敵の空母を目指す。空母を目指して近づいたところを撃ち落とされて爆発。空母を目指すうちの一部が、撃ち落されずに突撃。大体、空母は頑丈だから、二、三機同時に突撃しないと、大きなダメージは与えられない。それでも、船は大事な場所に穴が空いたら沈むから大量に人を殺せると、ずっとずっとあのスタイルだった。

奇跡的に助かる人が特攻隊員の一割いない。ほんの何パーセントの人が生き残る。それが事実です。

目が覚めたぼく。おなかが空きました。ますます、おれは元気だ。助かった。

死を覚悟した時、ぼくはずっとお父さんに話しかけていた。お父さんはとても子煩悩な人だった。そして、事業を成功させるために、ものすごくいつも働いていた。それから、ぼくは、おじいちゃん子だった。おじいちゃんは、まず、ぼくを見つけると、お父さんより先に話しかけてくる。お父さんは、その後に話しかけて、ぼくをハグして優しく包み込んだ。その後、ギュッと抱きしめて、「大好きだよ。ぼくのたからもの。かわいいかわいい。お父さんは、太郎がいるから、いっぱいいっぱいがんばれている。ありがとうな、太郎。いつも元気で頼もしいよ。いい子だなあ、太郎」といつも言ってくれた。

お父さん、幸せなことにぼくは生き延びました。十八歳と半年です。うまくいけば、うまく生き延びれば、二十歳です。そうしたら、お酒が飲めます。お父さんは、スコッチウイスキーが好きだったね。ぼくは、たぶん、おじいちゃんと同じ日本酒の方が好きな気がする。お父さんは気づいていた？　おじいちゃん、こっそり、「この日本酒はうんまいから、なめてみろ」とよくぼくを誘った。そして、母ちゃんとせっちゃんから怒られていた。お父さん、生き延びたから、ますます思う。お父さんと一緒に、いや、みんなと一緒に大人になったぼく。お父さんになったぼく。お父さんにとったら、かわいい孫たちも一緒に楽しくご飯を食べている、当たり前の優しい暮らしがしたかったなあ。


しばらく放心状態。少しして、また、おなかが空いてきました。

ぼくは「腹へった。食って、がんばらないと。何食ったらいいべ」とつぶやいていました。

ここで、初めて登場。酒田のじいちゃん。

酒田のじいちゃんの口癖。

「腹へった。食って、がんばらないと。何食ったらいいべ」

じいちゃんはそう言って、だいたい、目の前の畑に行って、きゅうりとかを家族の分もいで、ついでに一本味見をしていた様子を思い出しました。

もうひとりいます。初登場。酒田のばあちゃん。ばあちゃんもじいちゃんとほぼ一緒。「何食ったらいいべ」の人です。

ばあちゃんは、イナゴとりの名人です。昆虫のイナゴをとってきて、甘じょっぱく煮て食べます。ぼくも好きな「イナゴのつくだ煮」は郷土料理です。


ぼくはじいちゃんとばあちゃんの真似をして「何食ったらいいべ。何食ったらいいべ」とつぶやきながら、食材を探し始めました。

木陰の周りを歩いて、島の内部に入っていきました。まさに、藪です。

東京ではお坊ちゃまでした。酒田では、ご飯をよく食べるスポーツ少年。酒田のおうちのおばちゃんや母ちゃんやばあちゃんが作ってくれたおいしいご飯。

自分で食材を探して、ましてや、料理はしたことなど……あった、あった、ありました。宿坊で、包丁を持たせたら、筋は悪くないかもしれないが、下手くそ。触ったことがないのがバレバレ。たまねぎの皮むきと何かやったかなあ？　のレベル。前途多難です。まず、毒草を食べて死にたくはないと、再び、海へ向かいました。

目の前は透き通る水。きれいな色の魚が泳いでいます。再び、藪に入って、一・五メートルくらいの木を見つけ、折って、先っぽが少し尖った木にした二本を用意しました。魚とりはしたことがありません。ぼくは、必死です。魚だって必死です。人にとられて食われたくはありません。

作戦変更。小さな岩にくっついている貝にしました。貝は食べたことが何度もあります。おさしみだけど。ちゃんと料理になったおさしみだけど。海の中から、小さな貝を採って、中身を出して食べました。とても美味でした。お腹がへっていただけでなく、まさに美味でした。

次は、水です。喉がカラカラ。ぼく、火を起こしたことがありません。最初から、特攻隊員として徴兵されたから。雨水かなんかを集めて、煮沸して。理屈はわかります。庶民の出身ならば、お風呂を沸かしたりするお手伝いをしていればできたかも。はあ、困ったなあ。貝は美味しかったけど、一緒に塩水をなめたから、口がまだしょっぱいし、喉もまだヒリヒリする。

また、藪に向かって、少し右の方へ歩いていくと。なんということでしょう。チョロチョロと水が湧き出てきて、本当に小さな二十五センチくらいの幅の小川を見つけました。しかも、結構きれいです。濁っていない。つまり、すぐに飲めます。思わず、口に含んで飲んでいました。

八月二日の夕方六時頃。貝を食べたのは、三十分前。つまり、何時間、口に水と食べ物が入っていなかったのだろう、と両手を出して、時間を数えました。冷静に何時間なんて答えは出せません。指を使って、必死に、小学校一年生のチョロ太郎君みたいに手を使って計算しようとしていました。急にあの日だけ算数が苦手になってしまった。だって、本当に、小川がチョロチョロと音を出して、流れていた。そして、まさに、生き延びたのだから。そう、そう、何時間だ。木の棒を持って、砂に書いて計算したのです。飛行機に乗ったのが前日の九時半。朝になった。それで二十四時間。貝を食べたのが、夕方の十七時半。プラス八時間。そうか、三十二時間か。そうだね。指十本じゃ足りない。足の指十本足しても足りない。それだけ、興奮したというか、水を飲むまで大変だった。助かって良かったね。


八月三日〜五日。

あの木陰の下、午前中は快適です。

午後用にもう一つ、すてきな木陰を見つけました。

まさに、サバイバル。今度は、折った木の先っぽをだいぶ尖らせて作ったもりで魚をつくやり方とか、実験してみました。岩の隙間に魚を追い込んで、やっと一匹、素手で捕まえました。やっと捕まえた魚。包丁があれば、下手くそでもおさしみみたいになります。だけれども、丁度良い、石器みたいなものは、手元にない。腹へってきたなあ。かじってみるか。固いし、まずい。鱗もあったのか。猫じゃないもの、生のまんまの魚なんか食えない。食ってみてわかった。

ぼくの弱点は火が起こせないこと。普通の軍隊の基礎、サバイバル。ぼくは最初っから、特攻隊の飛行士だもの。まあなあ、ほとんどの人が死んでしまう特殊任務。エリートだの、神風だの、きれいな言葉を並べるとあこがれる人が多いから。

ぼくがほめられたのは、メカのメンテナンス。もっとほめられたのは、エンジン音を聞き分ける能力。計器もほぼない。初期よりも劣化した飛行機だから、間違いなく、日本はこの戦争に負ける。そんなの、戦争をする前からわかっていた。おじいちゃんみたいな人、仲間がいっぱいいればよかったのに。そして、それが大衆、国民のみんなの意志だったらば。

教育だよな、悪いのは。何も考えさせない閉鎖的な教育。そのいい例が、正月に見たあの憲兵。あれが、国民の意識だった。常識だった。

おじいちゃんやうちの人間は西洋かぶれと言われていた。だから、あの中学生はまともだと思ったのか。いや、違う。西洋にかぶれて入ったキリスト教。たった二年のキリスト教。合わなかったなあ。

おじいちゃんとぼくが辿りついた答え。やっぱり、仏教徒。それ以上に、武士の心。日本人の魂。羽黒山だけだった、戦争反対と言ったのは。本因坊様だけだったとおじいちゃんは言っていた。おじいちゃんは山形県の国会議員ではない。生まれ育ったお里の哲学。戦争反対だった。だから、自分に自信をもって「戦争反対」と言えた。きっと、そうなのだろう。きっと。

午後から新しく見つけた木陰で休もう。あそこに大きな木がある。丁度いい布かなんかがあれば、ハンモックがいいなあ。今度はお父さん。ハンモックが大好きだったお父さん。なんで、ぼくの大好きな、そして、大切な家族のおじいちゃんとお父さんが戦争で死ななければいけないんだよ。いないと困るじゃないか。さみしくてさみしくて、しょうがないじゃないか。

八月六日。

島の人に会いました。英語でもない。もしかして、タガログ語？　フィリピンあたりの言葉？

バナナみたいな食べ物？　味のない餅みたいな食べ物。もしかして、キャッサバ？　をもらって食べました。おいでおいでと手招きされるままついていくと、六歳くらいの男の子が足を押さえて泣いていました。島の人は僕が飛行機に乗って、不時着したドクターだと思ったみたいだ。英語が片言できる若者が「アー　ユー　ドクター？　アー　ユー　ドクター？」としきりに聞いてきました。最初、首を振って、そして、軽く「ノー」と言ったけど。「ワーイ、ノーノー、オーマイガー！」と泣き始めた。ぼくは英語ができたから、私は日本人で、特攻隊でなどと英語で説明しました。それでも、間違いなく、その子のお父さんらしき島の若者は泣きやまない。


ぼくは、腹をくくりました。ダメもとだ。野球仲間二人の東大生のひとりは、三年生。医学部の学生だった。実家も医者。御殿医の家系らしい。先輩なので、後輩のぼくに時々ご飯をおごってくれました。

彼には、さすがに、「赤紙」きていないよなあ。国のトップが狂っているから、ありそうで怖い。まさにぼくがいい例。

医者でもないけれど。しかも、ごはんを食べた時に、簡単な消毒と止血の仕方を耳で聞いただけ。だけど、やってみるか。うまくいったら、先輩、ありがとうと言おう。彼の口癖。いつも言う「こんなの常識」。気に入らない時は「こんなの非常識」。やってみますね、先輩。「こんなの常識」。

ぼくは、英語で「お湯をわかして」「止血剤用、消毒用に使う葉っぱはあるか？　あるならば持ってきて」まず、それを若いお父さんに頼みました。彼は、「お湯」と「葉っぱ」を用意した。おそるおそる少年に近づいて、「大丈夫、大丈夫」と英語で言って、そっと足を触りました。

そっと撫でてみました。骨は折れていない。ゆっくりくるぶしから先を触って動かしたが異常はない。ただし、ひざから結構出血している。そうか、偶然だけど、骨も折れていないから、傷口の消毒とその後の止血。そして、薬草を塗って、少年の自然治癒力にまかせる。お願いした「お湯」と「葉っぱ」で十分か。「ああ、良かった」。

傷口を洗って消毒しました。薬草を煎じた水を幹部に塗りました。葉っぱを絆創膏代わりに傷口にはりました。それを止める布がない。しょうがない、ぼくの持っているハンカチーフ一枚をこの子のために使って、終わったら返してもらおう。

ぼくは持っていた、木綿のハンカチーフ二枚。それは晴美ちゃんとの思い出のハンカチーフ二枚。上野公園のベンチ。ぼくは晴美ちゃんが座る場所にいつもハンカチーフを敷いて、座ってもらっていた。ぼくにとっては、幸せな青春の記憶。

飛行機に乗る前に、所持品は三つまで、というへんな規則がありました。どうせ、木っ端微塵なのだから、見つかっても、回収する気なんかないくせにと、最後の晩餐で、それも三日間、誰かが言いました。よく考えると、あんまりいっぱい積み込むと際限がない。しかも、重くなる。特攻隊服にまく旗はカウントしないらしい。みんなが旗を巻いて飛行機に乗り込むから。ぼくが選んだのは、時計、水筒、木綿のハンカチーフ二枚でした。

そのハンカチーフ。一枚はベンチ用、一枚はトイレ後の手拭き用。時々、間違えてベンチ用で手を拭いた。その話を医学生の先輩にした。そうしたら、彼は「わたしだったら、間違えないように、ベンチ用にひまわりの刺繍。お手拭き用にヨットの刺繍をするわ。絶対、そうするわ」と笑いながら、女言葉で言ってきた。それに続いて、もうひとりの先輩、二年生は「わたしも、絶対そうするわ。そうよねえ、お姉さま」と笑いながらふたりで大うけ。

掲示板に描いたヨットの旗に、時々色をつけていたぼくを見て、かわいいねえと笑っていたらしい。

晴美ちゃんにその話をしたら、さっそく刺繍をつけてくれて、「いい先輩ね。今度、紹介してね」と言った。晴美ちゃんにあの先輩をちゃんと紹介できていなかったのが心残り。晴美ちゃんはいつも忙しかった。せっかくふたりきりでいられる時間、ふたりっきりでいたかった。そのうえ、ふたりともハンサムで好青年だから、どちらかの先輩に晴美ちゃんをとられたらどうしようとか、仲よく話している姿に嫉妬している自分が想像できて会わせなかった。東大生のお友だちがいないんだよなあと言っていた晴美ちゃん。会わせてあげればよかったなあ。ごめんね、やきもちやきで。

少年のひざの手当てに使ったのは、ヨットの刺繍のハンカチーフ。ひまわりちゃんの方はもちろん、ぼくの胸ポケットに入れて。

八月八日。

あの少年が元気に、しかも、ピョンピョンはねながら、走ってきました。そして、いきなり抱きついてきたのです。

「サンキュー、ドクター。サンキュー、ドクター」

そして、洗ったハンカチーフを返してくれました。

その後に、あの若いお父さん。

「子どもが元気になったのは、あなたのおかげ。本当に、本当にありがとう。子どもが元気になってうれしいです」

と言って、またまた泣き出す始末。忙しいねえ、若いお父さん。子どもがけがをしては心配して泣き、元気になったといってはうれし泣きです。若いけど、がんばってお父さんしてますね。


ぼくは思いました。「サンキュー、ドクター。サンキュー、ドクター」

いい響きだな。とってもとってもいい響き。

そうだ、もし、無事に東京に帰れたならば、法学部より医学部の方に興味が出てきた。もちろん、編入試験を受けなければいけないし、難しいのはわかっている。けれども、ほんの若干名、医者にして弁護士という人がいるらしい。いっぱい勉強をしなければいけないのだろうが。

その前に、ぼくは日本という国の法律がいい加減すぎるような気がします。

二月に法務局に行きました。母ちゃんは今でも肌身離さず、家の権利書を持っている。だから、辛うじて、あの昔の家は無事です。鍵を持っていて、出入りできます。鍵はあの特攻隊服の上に羽織った旗にしっかり縫い付けてある。それから、ぼくが酒田に行ったあの日。十四歳だから、わが家の財産がどれくらいあるのか知らなかった。それで、二月に行ってみて、びっくりした。改ざんだ。土地のあちこちが黒く塗られてあったのです。まさに、あれって改ざんだよな。四年もあの場所に住んでいない。でも、去年から、近くに住んでいる。近所の何人かの人は、今でも知り合い。あっちこっち、切り売りされているのかなあ。あちこちが黒く塗りなおされている。まいったなあ、あれは。地主の母ちゃんには一言の断りもなし。

なんか、日本は法治国家のはずなのに。おじいちゃんとお父さんのことがあったから、日本という国の法律が信じられない。それから、ぼくはカブトムシ博士だから、理系の勉強の方が好きだ。ぼくは人を殺すより、人を助ける医者の方が良い。


もう一つの理由。

ぼくに「サンキュー、ドクター。サンキュー、ドクター」と言った少年の顔。

あの顔はかつて見たような気がする。

十五歳と十六歳の学校帰り。高校でも野球部だったぼく。河川敷で野球をして遊ぶ小学生たち。グローブだって手作り。ボールは辛うじてあったかな。バットも手作り。バットは丁度いい長さの木。そう、そこには、ケラケラ笑いながら、野球をして遊ぶ小学生の顔、顔、顔。高校生の顔、顔、顔です。顔の数は日によって、五から十と言ったところ。

　高校生のひとりが「これから、ノックの練習だ。一列に並んで」と小学生に声をかける。小学生たちは喜んで並びます。ぼくたちのひとりが「さっきも同じことをしたのに。よっぽど、おれたちは野球がすきだね」と言うと、もうひとりが「んだ、んだの」とうなずきながら返事をします。

帰り際、小学生の弟たちが「ありがとう、お兄ちゃんたち」と笑顔で言ってくれました。

小学生たちのあの顔です。ひとりっ子だったぼく。にわかにできた弟たち。とにかくかわいかったあの笑顔。

さらに、もう一つの理由は、ぼくの金銭感覚。

弁護士よりも医者の方が、身近でそこそこ高収入、といったもの。

母ちゃんと晴美ちゃんが白衣を着たぼくを笑顔で見つめます。

もちろん想像ですが、その光景。悪くない。かっこいい。

あのハンカチーフが導いてくれた新しいぼくの未来像。

生きていたから見られるぼくの夢。

第七章　しおれてしまったひまわり

八月九日〜十四日。

晴美ちゃんは宿坊の厨房で仲居さんたちと一緒にお手伝いです。

宿坊は高校生の時にお世話になった宿坊ではありません。でも、どこの宿坊の厨房も一緒。

勝手はほぼ一緒。晴美ちゃんがひまわりちゃんらしくいられる時間、場所でした。仲居さんたちは、あの仲居さん、ばか旦那の愛人みたいな人以外、みんな親切。優しいお姉さんたちです。料理人の人たちも、きびきび働くきちんとした人たちばかり。


夜は、あのばか旦那との苦痛の時間。

ばか旦那に「おい、おい、晴美。おきろ、こっちをむいて、相手をしろ。おい、晴美、おきろ」と言われても、彼女は決して目をあけません。完全に無視です。


八月十五日。

晴美ちゃんは宿坊でみんなといっしょに「天皇陛下のお言葉」を聞き、日本がアメリカを含む連合軍に負けた、敗戦したことを知りました。

戦争が終わった。やっと終わった。まさにやっとです。

五年も戦争をしていたのですね。

日本国民がみんなそうだった。最初の一年は訳もわからず、なかなか終わらない。

延々と続く、我慢。長い長い真っ暗な闇。

やっと終わった。これから、世の中がどうなるかはわからないけど。

やっと終わった。長い長い時間だった。


八月二十日。

晴美ちゃんは昼間、厨房にいました。

夜は、ばか旦那のとなりです。もちろん、完全に無視です。


八月二十三日。

晴美ちゃんは昼間、厨房にいました。

夜は、ばか旦那のとなりです。もちろん、完全に無視です。


八月二十五日。

ばか旦那は、厨房で働く晴美ちゃんを、無理やり、部屋に連れて行き、押し倒しました。

「やめてください。真昼間から」

「お前は、おれの子どもを産むために、結婚した女だぞ。嫌でも子作りするのが、おめえの仕事」と迫ります。

「好きでもない人の子どもなんか産みたくない。そもそもこの結婚自体がおかしい、間違っている。私は拉致されて、ここに来た。最初から、あなたは知らない人。どうして、あなたの子どもを産まなきゃならないの？　絶対におかしいでしょ！」

「なにをほざくか、おめえ、今はおれの女房。子作りするぞ、これは命令だ」

「やめてください。そんなの嫌です。

絶対、命令には従いたくない。だって、私、ちゃんと付き合っていて結婚したい人がいました。そして、あなたとの結婚はちゃんとみんなが断ったでしょ。あなたは拉致して私と結婚したの。私の相手はあなたじゃないの。あなたは詐欺師。その前に、誘拐犯。そして、強姦罪よ。あなたの正式名称は、犯罪者。最低な人間。反吐が出る。汚らわしい。女性のことを、自分の性欲のはけ口としか見ない人。ほぼ殺人者。犯罪者だから、私はこれから警察に電話する」と本当に本音を言ってしまった晴美ちゃん。

「お前はおれのことを知らなくても、おれはお前のことを知っている。全部調べたよ、お前の好きな相手もな」とふてぶてしい態度。

「最初からだますつもりだったのね」

「当たり前だ。そうでなかったら拉致なんかしないよ」

「卑怯者」

「太郎っていうんだろう、その男の名前。東大生みたいだな。でも、勝ったね。おれは、無理やりでもお前を征服した」と、ばか旦那は怒鳴りました。

「もう、いや。あんたみたいなゲスに抱かれると思ったら、反吐が出る。死んだ方がまし」と言い返しました。

ばか旦那は、「どうぞ、どうぞ、死ねばいい。太郎さん、太郎さん、愛しの太郎さん。太郎、太郎と叫び続けて、お前なんか死ねばいい。お前なんか死ね。おれ、わかったよ。頭のいい子を産む、それ以外、使い道がない。顔は好みだ、顔は。抱いても全然気持ちよくならない。顔は好み、似たような顔をした、スケベが大好きな女と気持ちよくなりたい。そうだ、即、実行。お前はお飾り。それをこなした。花嫁みせ。太郎、太郎と言って死んでしまえ」という言葉をまき散らして部屋を出て行きました。


九月下旬。

ばか旦那は、晴美ちゃんに顔が似ている二人の女を連れてきました。

その日から、ばか旦那は、二人の女と寝るようになったので、晴美ちゃんは仲居部屋で寝るようになりました。ほっとしました。

あの悪夢から逃げられる。でも、収入がない。まさに、ただ働きの日々。拉致されて、もし、実家に逃げたら、やくざから村人にけがをさせると言われ、帰るに帰れない。

あの封筒、あのお金があったら、東京のお母さん、料亭に帰れるのに。悔しくて、涙が止まりません。それでも、ばか旦那からは、解放されました。

あの愛人の仲居は、ばか旦那のところに行き、ふとんを四つ並べています。異常です。

十月から十二月にかけて、仲居になって働いていた晴美ちゃん。

しかし、どんどん痩せていきました。つわりと勘違いした人もいましたが、そうではありません。本当に具合が悪くなっていたのです。結核という病気になってしまったのです。日中は必死に働きます。夜は疲れて寝るだけ。

年末年始、宿坊は忙しい。除夜の鐘を聞く三日前、晴美ちゃんは血を吐きました。その宿坊で働く年の若い仲居さんが自分の家に連れて行きました。もうふたりの仲間である年の若い仲居さんと代わりばんこに背中に晴美ちゃんを背負い、その子の家に連れて行きました。晴美ちゃんが実家に帰ったら、やくざから村人が被害にあうから帰れないと、聞いて知っていたからです。

その家は、狭くて小さくて、立派な家ではありませんでした。部屋は三つあります。一部屋は居間。一部屋は夫婦の寝室。そして、一部屋は生活するための、着替え、食料が入っている物置のような部屋。家族構成は、夫婦、子供は六人。若い仲居さんはその家の子ども。

晴美ちゃんを連れてきた三人は宿坊に戻りました。晴美ちゃん、ふらふらになりながら、仲居として働いた三カ月分のお給料をその家族のお父さんに渡しました。自分はもしかしたら、死ぬかもしれない。それから、結婚の経緯と自分が里には帰れないことを説明し、ここに置いてほしいと頼みました。

話を聞いていた家族は全員途中から泣き出しました。あまりにも晴美ちゃんがかわいそうだと泣きました。子ども三人が、夫婦に懇願しました。今日から居間で夫婦が子どもたちと寝て、晴美ちゃんは夫婦が使っている部屋で寝てもらうように。

晴美ちゃんは、穏やかな時間を過ごしました。

子どもたちは、晴美ちゃんにとても優しく接してお世話をしてくれました。晴美ちゃんは病気がうつるから来なくて良いと言っても、子どもたちは彼女が大好きだから、代わりばんこにやってきて、学校であったこととか、お友だちの話とか、いっぱい話しました。手を握って「元気出してな、姉ちゃん。元気になるんだよ。大好きだから、がんばれよ。姉ちゃん、姉ちゃん、死ぬなよ、生きろよ」と子どもたちはいっぱいいっぱい励ましました。晴美ちゃんは、元気になったり、少しせきがひどくなったりしたけれども、そこは本当に安心できる空間。優しい時間が流れていました。

三月三日。

今日はひなまつり。もちろん、この家も晴美ちゃんの実家と一緒。お祝いをするような家ではありません。

子どものひとりが、友だちの家でひなまつりのお祝いに呼ばれ、家族が多いからと菱餅を一つもらって帰ってきました。家にいる子ども五人と晴美ちゃん、お父さんとお母さん、八人分。つまり、八等分にして、分けて食べました。

晴美ちゃんは、去年、料亭で菱餅を作っていて、端切れを食べたなあ。料亭のお母さんとお父さんは元気かなあと思い出しながら、自分の分の菱餅をゆっくり味わって食べました。あれから一年たったんだなあ。まさか、一年後に自分がこんな形で死にそうなことなどは想像できませんでした。お里に帰ってこなければ良かった、あの時逃げれば良かったと思って、はらはら、はらはら泣きました。涙が止まりませんでした。

三月中旬のある日。

晴美ちゃんの息遣いが変になってきました。大変です。

朝からせき込んでみたり、血を吐いたり……。

やっと落ち着きました。

羽黒山の本因坊様のところに、何代か前の本因坊様が現れました。本因坊様の部屋には、六人のお坊さんがいました。本因坊様とお話をする偉いお坊さん、外を向いて瞑想するお坊さん二人、掃除をするお坊さん二人です。何代か前の本因坊様の出現に気が付いたのは、本因坊様と瞑想するお坊さん一人と掃除をするお坊さんです。みんなは集まりました。そして、本因坊様の話に耳を傾けます。

「この近くにとても高貴な方がいます。私は何代か前の本因坊なのだが、その方が生まれた時から一緒に人格として住んでいます。今、その方が崩御されます。本因坊の魂、御心をその方が崩御される場所に立ち会って、連れてきて、しかるべきところに届けてほしい。その方の気持ちに寄り添うために、みんなで歩いてくるように。

白木の位牌を持ってくる。

現在の本因坊においては、五つある経典、巻物のひとつを三回読んで自分なりに考えて準備をして行くように」というものでした。

何代か前の本因坊様は、自分のことが見える三人のうち、経典を読んで準備をされていた本因坊様ではなく、お掃除をしていたお坊さんの中にすーっと入っていかれました。

先頭はお掃除をしていたお坊さん。つまり、何代か前の本因坊様の魂が、本因坊様の手を引いて、総勢六人のお坊さんが晴美ちゃんの寝ているお家に、歩いて向かいました。三時間以上かかったでしょうか。家の門をくぐり、やっと、晴美ちゃんの枕元にたどり着きました。晴美ちゃんは、寝ています。その周りを子どもたちが囲んでいます。

晴美ちゃんを囲んで、一時間くらい経ったでしょうか。急に晴美ちゃんの息遣いが荒くなってきました。

晴美ちゃんがいる村はとってもとっても小さな村です。本因坊様たちが小さな家に入っていかれたのを見た近所の人も何事が起きたのかと思い、居間に入っていき、晴美ちゃんの様子を見ています。

本因坊様は晴美ちゃんの右手をとり、「私たちは貴方様を迎えにきました。準備はできていますか。あそこにいた六人全員できました」と優しく言いました。

すると、晴美ちゃんの息はゆっくりゆっくり、ゆっくりゆっくり穏やかになり、優しい時間が一時間流れました。

子どものひとりが左手をとり、「姉ちゃん、死ぬなよ。元気になって一緒に遊ぼうよ」と言い、もう二つの小さな手も左手に加わり、「んだ、んだ、姉ちゃん、死ぬな、死ぬな、元気になって一緒に遊ぼうよ。死ぬのは早いよ、若すぎる。何もしてない。これから、いっぱいいっぱい生きて、いっぱいいっぱい元気になって、いっぱいいっぱいご飯も食べて、なあなあなあ」と泣きながら言いました。

するると、晴美ちゃんは、首をたてに振り、小さく「うん」と言い、うなずきました。

それから、一時間ごとに息遣いが荒くなり、おだやかになりを二回くりかえしました。両手はだれも握っていませんでした。

すると、晴美ちゃんはむくっと起き上がりました。本因坊様が入った若いお坊さんを見つめ、「エロイムエッサイ、ヤー。エロイムエッサイ、ヤー。エロイムエッサイ、ヤー。エロイムエッサイ、ヤー、ヤー」と力強く三回唱え、最後に力強い声で「入魂！」と言いました。ゆっくり三回深呼吸。静かに目を閉じ、両手を肩の高さまで挙げ、すうっと後ろに倒れました。それから、二時間くらい穏やかに息をして、右手を本因坊様の方へ伸ばしました。本因坊様はその手をとり、静かに手の甲をなでられています。まもなく、晴美ちゃんは、静かに息を引き取りました。

本因坊様は「みなさん、長い時間、この方の看取りにお付き合いいただきありがとうございました。この方は、たった今、お亡くなりになりました。この方は、大日如来、弁天様のまさしく生まれ変わりでした。まさに生まれ変わり。めったにありませんがそうでした。

この方の魂と一緒に、赤ちゃんの頃から過ごされた方がいます。あの本因坊様です。本因坊様から、私を迎えに来てほしいとお姿を見せられて、お願いされ、導かれるままに、ここにやってきた次第です。この方は、小さな頃から、聡明で努力家の美しい方でした。この方には未来の予定図、青写真がありました。すてきな伴侶と結婚し、子どもを産み、幸せな家庭を作るというものです。もうすでに、素敵な伴侶に出会えていますが、今ここで力尽きてしまわれました。十九歳と半年です。昨年末、ここに連れてきていただき、お世話をしていただき、ゆっくり眠ることができました。また、子どもたちには毎日手をつなぎ、生きる希望をもらい、励ましてもらいました。本当に感謝しています。ありがとうございます。

村人の皆さんにまで、お立会いいただきありがとうございます。と、この方から伝えてほしいとおっしゃられていますのでお伝えしましたね」と言われました。右に並んでいるほかの五人のお坊さんに目で合図をして。今度は六人で、深々とおじぎをされました。そして、すかさず、

「村人のみなさん、決して、他言はしないようにお願いします」

と再度言い、六人、また深々とお辞儀をされました。

村人には家に帰っていただきました。

本因坊様は、部屋に残った家族ひとりひとりに、晴美ちゃんをお世話してくださったお礼として、お金をあげました。

「二日後にまた来る。それまで、御霊とお体をここに置いてください。これもいっしょに置かせてください」と言い、白木の位牌を置き、それまでの費用としてお金を家族に渡しました。

六人のお坊さんは、本因坊様、先ほど本因坊様の魂が入られたお坊さんの順に並んで、歩いて湯殿山に向かいました。

即身仏様の前にきました。本因坊様の魂を連れてきたお坊さんは右手を即身仏様の手に触れました。急に涙が出てきました。左手で自分のほほに流れる涙を押さえています。「そうでしたか、そうでしたか」とうなずきながら、涙が止まりません。

二時間くらい経ったでしょうか。そのお坊さんは、くるりと後ろを振り返り、五人のお坊さんに深々とおじぎをしてこう言われました。

「たった今、本因坊様、即身仏様の魂はご自身のお体に戻られました。そして、心も整えられたとおっしゃっています。もう、大丈夫だそうです。今日は、この大役、皆様を差し置いて務めさせていただいたことに感謝しつつも恐縮に思います」

するると、生きている本因坊様は、「そのお方、即身仏様の本因坊様が君を選んだのです。私ではなく、あの方ご自身の意志で君を選んだのです。恐縮する必要はありません。あの方のご意思なのですから」と言われました。魂の本因坊様のお姿が見えた三人。生きている本因坊様、瞑想をしていたお坊さん、掃除をしていたお坊さん。魂の本因坊様は、六人のうちの下から二番目の位の掃除をしていたお坊さんを選ばれたのです。


二日後。

六人のお坊さんは、晴美ちゃんのいるお家にきました。宿坊の仲居さんたちとその家の人たちとお坊さんたちで葬式をして、火葬をしました。晴美ちゃんは、お骨になりました。


二週間後。

幼馴染のけいこちゃんとよしこちゃんは、晴美ちゃんの遺骨と白木の位牌をもって、実家に行きました。事情をすべて説明しました。晴美ちゃんの両親はがっかりしました。

お父さんは、また、寝込んでしまいました。近所のお坊さんを呼んで、娘の位牌と自分たちの位牌に戒名を書いてもらいました。

晴美ちゃんは、大好きなぼくに会って、恋をしました。戦争と拉致されて、ぼくに会えないまま、十九歳と半年でこの世を去りました。

第八章　会いたい　会いたい

八月十五日。

ぼくは、まだ、南の島にいます。

日本が戦争に負けたことを知らずにいました。

島でのサバイバル生活にも慣れてきたところです。

少年の家族は、時々、ぼくを食事に誘ってくれるようになりました。


八月二十日。

島にアメリカ軍が、捕虜になる日本軍の生き残りを探しにやってきました。

ぼくは見つかってしまいます。得意の英語で、窮地を脱し、生き延びました。

捕虜になるどころか、自決して死を選ぶ日本兵を通訳として説得してほしいと頼まれました。

九月二十五日。

ぼくは東京に戻ってきました。

アメリカ兵の通訳をしていたぼく。アメリカ軍の飛行機に乗って、東京に戻ってきたのです。通訳をして、十二人の日本兵を捕虜ではあるが、自決して死ぬのを防ぎました。

東京は焼け野原になっていました。ぼくは、自分の家に行きました。おかしい、家がない。このへんだったのだけど。

見つけた！　とも太郎とかくれんぼして遊んだあの岩を。その岩にもたれかかってやっと一息つきました。

すると、以前、ぼくの家で働いていた二人の男性が近づいてきました。ふたりは「お坊ちゃん、元気でしたか。大きくなられましたね。立派になられましたね。ずっと会いたかったです。お坊ちゃんは空襲の日、どちらにいらっしゃいましたか」と聞いてきました。

ぼくは「十四歳で酒田に行き、十七歳の時、東京に戻ってきていました。ふたりにはすぐにあいさつに行かなくてすみませんでした。飛び級で東大生になったぼくに、赤紙がきて、霞ケ浦の予科練に行きました。噂で東京が大変だとは聞いたけど、ここまで大変だとは知らなかった。その後、ぼくは鹿児島の知覧に行きました。特攻隊の飛行機に乗りました。奇跡的に生きて帰ってきました。今、ここにいます」と言いました。

ふたりが「良かった、良かった、ご無事でよかった」と言うと、ぼくは「母はどこにいますか？　無事ですか？」と尋ねました。ふたりは「わかりません。私たちも探していますが、まだ、会っていません」と答えました。

ぼくは「そうですか、見ていませんか。生きているといいなあ。母ちゃんに会いたくて会いたくてがんばって生きて帰ってきたのに。見ていませんか。生きているといいなあ。さみしいなあ」とつぶやいてしまう。

「ああ。あの子、晴美ちゃんは元気かなあ。どうしているのだろう。会いたいなあ。会いたいなあ」

ぼくは、母ちゃんと晴美ちゃんのことを思い出したら、思わず涙があふれてきてしまう。

その様子を見ていたふたりは、

「坊ちゃん、とりあえず、これを食べてください」

と言い、おにぎりとたくわんの包みをぼくに渡して食べさせました。

「とにかく、食べてください。少しでも元気になってください。元気ならば、何とかなります」

とふたりは付け加えます。ぼくは「うん、うん。うん、うん」とうなずきながら、おにぎりを食べました。

その日は、どこに行く当てもなく、そのまま、そこで夜を明かしました。

九月二十六日。

三回晴美ちゃんを送っていったからわかります。晴美ちゃんが下宿していた料亭。

気が付くとぼくはその料亭の前にいました。

中から優しそうな女性が出てきました。

ぼくに気づきます。

お母さんは「どなた様ですか」と聞きました。

ぼくは「晴美さんという人がここに住んでいると思うのですが」と言うと、お母さんは「あなたが太郎君⁉　晴美ちゃんの大好きな太郎君だよね?」と聞き返しました。

「ぼくを知っているのですか、あなたは」と尋ねると、お母さんは「もちろんです。私、血はつながってはいないけれど、晴美ちゃんの東京のお母さんなの。予想以上に素敵な人ね。せっかく会いに来てくれたのに、ごめんなさい。晴美ちゃんはここにはいないの。あの空襲の直前にお里から電話がかかってきて、帰ったのよ、あのお里に。あなたも、お母さんのお里が近いのよね？　晴美ちゃんから聞いている。それから、空襲の後、晴美ちゃんから電話があったわ。元気に生きているみたい。だから、ここにはいないけど、生きてはいます。よかったね、晴美ちゃんの大好きなハンサムな彼氏さん」と優しく教えてくれました。ぼくは「晴美は元気に生きているんですね。よかった、よかった、よかった」とほっと胸をなでおろしました。

十月十日。

料亭から帰ってきて二週間目の日。ぼくは、昔ぼくの家で働いていたおじさんの家に行き、お世話になりました。ずっといていいよと言われましたが、晴美ちゃんの住んでいた料亭の近くにアパートを借りて、住みはじめ、大学生活を再スタートさせました。晴美ちゃんが帰ってきたらいつでも会えるように、料亭の近くにアパートを借りたのです。お金は、母ちゃんが何かあったらと酒田に置いていったお金を使って、あとはアルバイトをして稼ごうと思いました。

十二月二十四日。クリスマスイブ。

ぼくは実家のあった空き地の大きな岩の前にいました。

いくら待っても晴美ちゃんは東京に来ません。晴美ちゃんの実家に行ったこともありません。しかも、晴美ちゃんの家はとても貧乏だと聞いていました。電話はないだろうし、どうしたら、早く、晴美ちゃんに会えるかなあ。

気が付いたら、コリー犬のとも太郎と毎日かくれんぼして遊んだあの岩の前にいました。ぼくは足を伸ばして座り、ゆっくりろうそくに火をつけました。

あたりは少しずつ暗くなっていきます。はじめて晴美ちゃんをここに連れてきた時の空もこんな感じに暗くなったことを思い出しました。戦争前、留学生のお兄ちゃんやお姉ちゃんたちは、ほとんどがクリスチャンでした。我が家はもう仏教徒になっていたけれども、おじいちゃんは留学生たちのために大きなもみの木を用意して、彼らに思い思いに飾らせて、毎年、楽しいクリスマスパーティをしていたのです。

戦争になって、お兄ちゃんお姉ちゃんはみんな無事にお家に帰ったと母ちゃんと喜んだのは、つい、最近だったような気もします。が、いくら探しても、その母ちゃんは見つかりません。そして、今、そばにいてほしい晴美ちゃんもいない。さみしいなあ。と、目からポロンと落ちた涙でろうそくの火が消えてしまいました。やばいやばい、しっかりしないと。

その時、どこかの野犬、のら犬の鳴き声がしました。もちろん、とも太郎の鳴き声ではありません。けれども、思わず、ぼくは、その野犬のいる方角を向いて、「おう、野犬、この食糧不足の中、君も必死に生きているなあ。みんな、必死だよなあ。そうそう、みんな必死。生きているだけで、ものすごいがんばっている。もっと大きな声で鳴け、雄たけびをあげろ。ウオーン、ウオーン、ウオーン」と気が付けば、最初はつぶやきだったのに、その野良犬よりも大きな声で雄たけびをあげています。

とってもうれしくなっていき、急に元気が出てきました。

そして、また、こう言っています。

「とも太郎、絶対、おれの中に住んでいるな。さっき、雄たけびをあげたのはとも太郎だろう。最初の雄たけびはお前か、次はおれ、そして、最後はまたとも太郎。その後に、おれはこう言っていた、『海運王におれはなる』。おっきなおっきな海運王におれはなる。

思い出したよ。とも太郎、お前を飼い始めた時、おれは、五歳。お前は三カ月の赤ちゃん犬。おれが六歳、お前は一歳の、人で言えば小学生かなあ。おれが七歳の時、お前は二歳の青年。お前はどんどんすごいスピードで成長し大人の犬になる。だけど、ふたりだよな。お前はほとんど人だもの。賢くて勇気のある人だもの。ふたりの間には固い固い友情の絆があった。おれの、小さい頃からの一番の大親友。大好きな家族。とも太郎、いるな。間違いなくおれの中にいるな。今日はそれがわかった。今日はクリスマスイブ。冬だけどさほど寒くない。

大好きな晴美ちゃんと来た日の思い出と、大好きなとも太郎のお腹のあたりに顔をうずめて、お前、今日は犬臭いなあとか、シャンプーしたてで、いい匂い、色男じゃないかあと言って、遊んでいた、あの頃の思い出に浸って野宿でもするか。

戦争を体験して、強くなった、おれは。野宿しても今日は風邪をひかないことがわかる。それくらいの寒さだ。楽しい素敵な思い出に包まれたこの空間で、今日は野宿する。今まで体験した中で、一番の野宿としてはいい思い出になったな。クリスマスイブ。クリスマスイブ。戦争は終わったから、爆弾はもう落ちてこない。

晴美ちゃんと母ちゃんがそばにいてくれたらなあ。

ろうそくは芯のところまでいっている。時間にしたらどれくらいだろう？　ろうそくの科学。寺田寅雄。昔、読んだよ。こんなロマンチックな妄想の空間に入り込んできたな、現実。

目を閉じる。目を開ける。空には満天の星。空がきれいだ。

空は空襲が来るかと思って、見上げるのが怖かった。もう、その心配はない。それが平和ということか。

今日のぼくはとってもロマンティストだな。となりに、晴美ちゃんがいたら「そうだね、うん、そうだね」と優しく微笑んでくれて、うなずいてくれたら、それだけで最高なのに。

これが隣にいるのが母ちゃんだったら「どうしたの、太郎？　どうかしちゃったの？」といきなり現実。

今日は、やっぱりおかしいよ。ロマンチックと現実を行ったり来たり。過去と現実も行ったり来たり。

この場所は落ち着くなあ。大好きな場所だなあ。ゆっくり空気を吸ってみよう。優しい気持ちで眠れそうだ。おやすみ、おやすみなさい……。

十二月二十五日。クリスマス。

朝が来た。まぶしい。とても、すがすがしい朝が来た。今日はクリスマスだ、クリスマスだな。

十二月二十六日。

ぼくは料亭に行き、年末年始はおせち料理の仕出しで忙しいと聞いていたので、手伝いたいと申し出ました。

人手のほしかったお母さんとお父さんは、お皿を洗ったりする仕事を頼んだ。はじめて、お昼にみんなと一緒にまかないを食べたりして、改めて好きになった晴美ちゃんがとてもいい子だと感心します。そして、お母さんは「いつ晴美ちゃんが帰ってきてもいいように、部屋をそのままにしてある」と教えてくれました。

それから、「晴美ちゃんはとてももてたみたい。お客様の中にぜひ息子の嫁に世話してほしいという人や、料理人でも妹のようにかわいがっていた人がいたの。すると、晴美ちゃんは、『私には太郎君という大好きで付き合っている大学生がいます』と言うから、だれにも晴美ちゃんを紹介しなかったの。大好きな人、それはあなただったのね」と料亭のお母さんは話してくれました。そして、ふたりで「晴美ちゃん、東京に帰ってくるといいね」と語り合いました。


十二月三十一日。おおみそか。

ぼくの仕事は、料亭のおせち料理をお得意様へ配達することです。

料亭のお父さんが「太郎君、ひとりでおおみそかはさみしいだろうから、うちで一緒にそばやおせち料理を食べよう」と声をかけてくれました。

その日は料亭に泊まりました。

一月一日。元旦。

「あけましておめでとうございます」と料亭のお母さんとお父さんにあいさつをして、ぼくは、酒田行きの汽車に乗りました。元旦なので、平日よりは移動する人が少なく、快適です。ぼくは、晴美ちゃんのお里に行ってみたい。酒田に行けば近くに行くし、必ず会える気がしました。酒田に三週間滞在し、晴美ちゃんのいそうなところを必死に探すことを決意したのです。

一月二日。

料亭のお母さんから、晴美ちゃんのお里の近所の家の電話番号を聞いていました。まずは、そこに電話をかけてみました。

　すると、晴美ちゃんは前から好きだった宿坊の人と結婚したというではありませんか。ぼくは、頭が真っ白。目の前が真っ黒。

　その宿坊に行ってみました。でも、晴美ちゃんはもういないと言います。ますます、大混乱。何を信じてよいのか。晴美ちゃんとぼくとの思い出は本物だったはずなのに。どうして、晴美ちゃんはぼくではない人と結婚したのだろう？

　おまけに、もうその宿坊にはいないという。どこに行ったか誰もわからないという。ますます、大混乱、大号泣。ぼくは、あたりかまわず、大きな声でエンエン泣いていました。

　宿坊から仲居さんがひとり出てきて、こう教えてくれました。

「晴美ちゃんは、宿坊の若旦那と五月に結婚した。盛大な結婚式だった。けれども、結核という病気になった。今はもうここにはいない。どこに行ったかわからない。晴美ちゃんの後に、似た顔の女がふたりきて、いばっている。私も何が何だかわからない。好きでもないのに、なぜ、あんなかわいい優しい子をおもちゃにして、病気にまでさせて、ぶんなげた。かわいそうすぎるあの子。ごめんなさい、私はあの子がどこに行ったかわからないの。ごめんなさい」

泣きながら謝られました。

その声に反応して、まわりの宿坊からたくさん人が出てきます。

ぼくは「仲居さん、教えてくださってありがとうございます。今日は帰ります」と泣きながら、酒田のおじさんの家に帰りました。


一月三日。

おじさんに昨日の内容を話して相談しました。おじさんも一緒に泣いて「元気出せ、太郎。大丈夫か、太郎」と言いました。そして、「しばらく、酒田の家にいろ。深呼吸して、ゆっくり考えろ」と優しく言ってくれました。


戦争さえなければ、自分がいつもそばにいられたならば。

晴美ちゃんは拉致された。

でも、そんな理不尽なことが今時あるのか。

あるあるある。おれの特攻隊だってそうだ。おれは奇跡的に生き延びた。だから、今ここにいる。

まいったなあ、まいったよ。晴美ちゃんは、戦場にはいなかった。普通に汽車に乗って東京に行こうとしていた。それが、急に宿坊の花嫁だと。ありえない。絶対にありえない。あの宿坊は、晴美ちゃんがアルバイトした宿坊ではない。宿坊の若旦那はずっと晴美ちゃんに目をつけていた。晴美ちゃんは好きでもない、会ったこともない宿坊の若旦那とむりやり結婚させられたというのか。全然違う。事実が違う。捻じ曲げられている、何もかも。

がんばって、がんばって、晴美ちゃんに会いたくて生き延びたのに、ここまで来て会えないなんて、むなしい、くやしい、さみしい。

待てよ、晴美ちゃんは生きている。病気になってどこかで生きている。そこはどこなのか？　そこを探して見つけ出せば、晴美ちゃんには会えるはず。

なあ、冷静に考えると、晴美ちゃんはもう宿坊にはいない。もうあの若旦那の嫁ではない。どんなことがあっても、晴美ちゃんを見つけ出し、おれが結婚の申し込みをする。誠意を込めて、結婚する。そして、幸せになる。それしかない。それをすればいいんだ。晴美ちゃんは生きている。

おれを、太郎を、待っている。太郎君、太郎君、会いたいよって、泣きながら待っているに違いない。おれはとにかく、大好きな晴美ちゃんを探すしかない。結論はこれしかない。

とにかく、とにかく、探すしかない。料亭でお手伝いをして晴美ちゃんを待っていた。そこが違っていた。間違っていたんだよ。まだ、あの日までは、晴美ちゃんはあの宿坊にいたということだ。

おれが、もっと、早くに晴美ちゃんを探せばよかった。ばかだなあ、おれは。本当にばかだなあ。普通に大学生活を始めれば、晴美ちゃんの方から、「太郎君、生きて帰ってきてありがとう。私、ずっと、あなたに会いたかった」と小走りに走ってきて、抱きついてくるとしか考えていなかった。

かわいそうだな、晴美ちゃん。好きでもない大学生からハンドクリーム塗られていやだったなんて言っていたお前が、会ったこともない男の花嫁にさせられた。犯されていたということだよなあ。今時、そんな理不尽なことってあるのか。ぼくたちにとったら、あの幸せな青春の思い出のあの場所で、好きでもない男に犯され続けて、病気になって捨てられた。信じたくないけど、事実だ。事実だ。残酷な事実なんだ。生きているから知った事実なんだ。そうだ、おれは生きているから、生きているからこそ、晴美ちゃんを、どん底で泣いている彼女を、助けることができる。見つけだして、今度こそ、おれが手を離さなければいい。それしかない。

おれは、何一つ整理がつかない。頭も心も混乱しながら、でも、導き出した答え。自分が見つける、助ける、手をつなぐ。そして、その手を離さない。

ゆっくり、深呼吸をして、ゆっくりというか、疲れていたので、寝ました。

一月四日。

ぼくは、電話で晴美ちゃんのお里の住所を調べて、実際に行ってみました。

最初に会ったお里の人に晴美ちゃんのことを聞いてみました。「なんか前から好きだった宿坊の若旦那と結婚して幸せみたいだよ」と言われ、ぼくは考えたのです。

晴美ちゃんはここにはいない。

まして、両親に晴美ちゃんのことを言っていいものか。まずは、自分が探して、きちんとわかったことを伝えようと考えました。とりあえず、酒田のおじさんの家に帰りました。

一月五日。

朝、目が覚めて、天井を見つめていたら、おばさんから「太郎君、あなたに電話がきているよ」と言われて、飛び起きました。喜び勇んで、電話に出たら、相手は高校の同級生で「太郎、今、酒田にいるのか？　会ってごはんでも一緒に食べようぜ。元気な姿を見せてくれ」と言われ、ぼくは「うん、会おう。十二時にあの駅前の喫茶店な」と言いました。

やはり、持つべきものは友だちである。かれもまた、大親友。酒田は空襲に遭っていない。遭っていないどころか、彼のところには「赤紙」も来ていなかった。

平和だ、この町は。この景色は、ずっとずっと同じ。そこがとってもありがたい。思い出の場所。あちらこちら。あっちにも、こっちにも、優しい青春の思い出がちりばめられている。落ち着く、ありがたい場所。甘酸っぱい優しい思い出たちが、今日のようなたくさん空いた心の隙間をそっと包んで埋めてくれる。

少し、乙女のような心のぼくの前に、日に焼けた優しい野球部の友だちがやってきた。

「よお、太郎、元気だったか。なんでもお前、特攻隊に行って、生き残って帰ってきたらしいなあ。すごいじゃないか、お前の生命力。本当に会えてよかった。ずっと会いたかったよ、お前に。元気そうじゃないか」と友だちが言いました。

だけど、ぼくが、「元気でもないよ。好きな人がいる、大好きな人がいるけど、会えていない。悲しくて悲しくて胸が張り裂けそうなくらい悲しくて。彼女は連れ去られたのだと思う。そして、好きでもない男の嫁になった。犯され続けて、病気になって、捨てられた」と答えると、友だちは「おい、太郎、正気か。気でも触れたか。彼女に会えないさみしさで気でも触れたか。大丈夫か、太郎。話は聞いてやる。ゆっくり話してごらんよ」と言ってくれました。

ぼくは、おととい宿坊で会った仲居さんから聞いた晴美ちゃんの状況を話しました。

「そんな残酷な話があるのかよ」と、ぼくの手をつかんで友だちは一緒に泣きました。

「太郎、風に吹かれるのもいい。外に出て、キャッチボールをしよう」と言い、手をつかんだまま、外に出ました。

おだやかな風が吹いていました。酒田の冬は厳しい風が吹きます。しかし、この時は、日差しもあり、優しい風が吹いていました。

お父さんが教えてくれたキャッチボール。

お友だちは野球部の子が多い。ありがたいよ、本当に。お父さん、きっと、彼の体を借りて、ぼくをはげまそうとしているね。ありがとう、大好きなお父さん。

一月六日。

友だち二人も加わって、晴美ちゃん救出の作戦会議。ぼくの部屋で。もし、車でどこかに行ったのであれば探しようがないが、周辺の村ならば、三人で手分けして探せるのではないか、と。ぼくは大学生だけど、二人はすでに働いています。休みの日を使って、ぼくのいる十八日までの間、協力してくれるというのです。本当に持つべきものは友である。ふたりとも大親友。本当にありがたい。


一月七日～一月十七日。

平日は、ぼくひとりで探します。休日は三人でとにかく周辺の村を探しました。けれども、晴美ちゃんを見つけられませんでした。ただし、できる範囲でやるだけのことはやった。そう言える。友だちのおかげでもある。

とりあえず、明日、東京に帰ろう。大学生活を始めよう。


一月十八日。

酒田から汽車に乗って、東京へ向かいました。

一月十九日。

料亭のお父さんとお母さんに、酒田のおじさんが持たせてくれたお土産を渡しました。おじさんとおばさんから「必死で晴美ちゃんを探してくれてありがとう。さみしくなったら、いつでもおいで。私たちには子どもがいない。だから、君も大切な子ども。晴美ちゃんと一緒だよ。いつでもおいでね」と優しく言ってもらいました。

三月に入ってから、ぼくは笑っている晴美ちゃんの夢を見るようになった。とても優しいやわらかい顔。毎日、見たいと思っても、たまにしか見られない。夢できっと会っていたんだねえ。きっと、きっと、きっと。だって、大好きなんだもんね、お互いに。

あとがき

二十歳の時に、私は山形県酒田市にあった船の教習所で「小型船舶4級」の免許を取りました。

そこで、高橋太郎先生に会いました。先生は、教習所と同時に「コリーのブリーダー」を横山真理先生という素敵な女性と共同経営されていました。

そのふたりから、ご厚意で、かわいいメスのコリーを譲っていただき、「ジュリー」と名前をつけて一緒に暮らしました。

「ジュリー」は本当に妹のようにかわいくて、当時の私の心の支えでした。

太郎先生から私は「自分の生涯、子どもも読めるようなお話、かっこよく書いてくれ。ぼくの娘みたいな、いや、やっぱり娘だな、ともちゃんが書くんだよ」と頼まれました。その言葉を思い出して、やっと、文章としてまとめることができました。

太郎先生は本当にかっこよくて賢くてハンサムな方でした。当時、私は、同県の長井市というところに住んでいて、車で片道三時間半、何度か行き来をして、手紙や電話のやりとりもしていました。
そして、私は、このお話に出てくる何人かの登場人物の夢も見ました。
やっと、太郎先生との約束を果たすことができました。
これは前編です。続けて、後編も書きたいと思います。

太郎先生からのリクエストは「ぼくの名前は太郎、苗字は長谷川。このお話の主人公のぼくは長谷川太郎と申します。いろいろ思うところがあって、生涯独身でした」というものです。ここは、大切なモチーフです。本当の名前は長谷川だけど、戦争で、高橋になってしまったと言っていました。

それから、偶然にも私の顔は太郎先生が大好きだった初恋の人にそっくりで、性格は彼の母ちゃんにそっくりだそうです。また、「とも太郎」という名前のコリーを飼っていて、「とも」の字も一緒だと、初めて会った日にとてもおおはしゃぎされた記憶があります。
太郎先生の娘のとも子が書きました。ずいぶん、会ってから時間が経ってしまったけれど、やっと約束を果たすことができました。

太郎先生に出会えたことが奇跡で感謝です。
戦争というつらい体験をされた太郎先生。
当時を生きた優しいすばらしい人たち。
今、日本は、かろうじて平和です。
朝、起きると、外を見ます。お日さまが照っています。
明るい未来。日の当たる場所。平和な日々。
この本の題名は『サンシャイン イン ザ モーニング』です。

二〇二三年四月一二日

ベルソフィ とも子

著者プロフィール

ベルソフィ　とも子（べるそふぃ　ともこ）

1962年、山形県長井市生まれ。
山形大学卒業。教員を経て結婚。現在は会社員。

サンシャイン イン ザ モーニング
医龍と呼ばれたドクター・タローの人生　前編

2023年11月15日　初版第１刷発行

著　者　ベルソフィ　とも子
発行者　瓜谷 綱延
発行所　株式会社文芸社
〒160-0022　東京都新宿区新宿1－10－1
電話　03-5369-3060（代表）
03-5369-2299（販売）

印刷所　株式会社フクイン

ISBN978-4-286-24719-9